徳間文庫

寝台特急カシオペアを追え

徳間書店

目次

第一章 誘 拐

1

東京のR女子大の一年生、小野《おの》ミユキが、誘拐された。
十月二十日。くもり。
誘拐とわかったのは、午後九時過ぎである。
犯人から、ミユキの家に、電話が、かかってきたのだ。
妙に、甲高い声なのは、変声器を、使っているからだろうと思われた。
甲高いが、男の声だった。
「小野さん？ 小野敬介《けいすけ》さんだね？」

と、最初に、相手は、きいた。

「そうですけど」

と、答えたのは、妻の悦子である。

「奥さんか？」

「ええ」

「娘さんのミユキさんだが」

「まだ、学校から、帰っていませんけど――」

「そのミユキさんを、おれが、預っているんだ。はっきりいえば、誘拐したんだよ」

「本当ですか？」

悦子は、半信半疑だった。

一人娘のミユキは、学校の帰りに、友人と、新宿や渋谷に出て、買物をしたり、遊んだりしてくる。小野家の門限は、午後十時だから、心配していなかったのだ。

「娘さんは、ブルガリの腕時計をしているね。去年の誕生日に、パパからプレゼントされたものらしいな」

「ええ、そうです」

「その腕時計は、誘拐した証拠に、甲州街道の明大前駅近くの公衆電話ボックスの中に、置いておく。テーブルの下だ。すぐ見に行け。また、電話する」

それで、電話は切れた。

悦子は、すぐ、夫の会社に電話した。

夫のやっている小野精機は、小さいが、超小型ベアリングの世界で、大きく業績をあげていた。

悦子は、電話に出た夫に、事の仔細《しさい》を告げて、

「すぐ、公衆電話ボックスに確めに行って下さい」

と、頼んだ。

夫の敬介も、半信半疑だった。いたずらということも、十分に考えられたからである。

それでも、すぐ、ベンツを飛ばして、確めに行った。

甲州街道を走りながら、眼を走らせる。京王線の明大前駅近くまで来て、電話ボックスが、見つかった。

車をとめて、ボックスに入る。あわてているので、ただ、無闇《むやみ》に、ボックスの中を見廻していた。それから、妻の言葉を思い出し、ボックスの中のテーブルに手をやり、その裏

を、指で探った。

そこに、ガムテープで貼《は》りつけてある腕時計を見つけて、引き剝《は》がすようにして、取り出した。

間違いなく、ブルガリの婦人用だった。

裏側に、「誕生日おめでとう」の文字が、彫られている。敬介が、娘のために、新宿の時計店で、頼んだものだった。

腕時計は、ガラスが割られ、ミユキが災難にあった時刻を示すように、四時二十五分で、針が、止っていた。

一瞬、敬介は、目まいに襲われたが、自分を励まし、その電話ボックスから、自宅にかけた。

すぐ、妻の悦子が出る。

「どうでした？」

と、悦子が、きく。

「間違いない。娘は、誘拐されたよ。警察に電話しなさい」

「でも、警察に知らせたら、ミユキが、危いんじゃありませんか？」

「だが、私たちには何も出来ないだろう。とにかく警察に連絡して、助けを頼むんだ」

と、敬介は、いった。

そのあと、彼は、ベンツに戻り、自宅に向って、走らせた。

すでに、深夜に近い。

家の中に入って行くと、五、六人の男たちが、緊張した顔で、待ちかまえていた。

その中の一人が、敬介に近寄って、

「ご主人ですか。警視庁捜査一課の十津川《とつがわ》警部です」

と、自己紹介した。

四十歳ぐらいの中肉中背の男だった。

「よろしく、お願いします」

と、敬介は、頭を下げてから、電話ボックスから、持ってきた、ブルガリの腕時計を見せた。

十津川は、白手袋をはめた手で、腕時計を受け取ると、

「これが、奥さんのいっていた腕時計ですか」

「私が、去年、娘の誕生日に贈ったものに、間違いありません」

「四時二十五分か、誘拐された時刻かな」

と、十津川は、呟《つぶや》いてから、

「とにかく、指紋を検出してみます。あまり期待は出来ませんが」

「犯人は、連絡してくるでしょうか？」

「来ます。身代金欲しさに誘拐したんだと思いますから」

と、十津川は、いった。

一階応接室の電話機に、刑事たちが、テープレコーダーを、取り付けていた。

十津川は、小野夫妻に、一人娘のミユキについて、聞いた。

何枚かの、彼女の写真を出して貰《もら》っている。

身長一六五センチ、五三キロ。

現代的なスタイルだが、珍しく、静かで、思慮深い性格だと、両親は、いった。

「特定の恋人は、いましたか？」

と、十津川は、きいた。

「私たちの知る限り、そういう男は、いなかったと思います」

と、敬介が、いった。

「ストーカーみたいな男に、狙《ねら》われていたということは、どうです？」

「それもありません。無言電話もなかったし、妙な手紙も、来ていません。ミユキも、ストーカーのことを、話したことはありません」

「今朝、学校へ行く時、妙なことはありませんでしたか？」

と、十津川は、きいた。

「いつもの通りでした」

と、悦子が、いう。

「R女子大は、明大前駅の近くでしたね？」

「そうです」

「学校が終るのは、何時頃ですか？」

「午後四時頃の筈《はず》ですわ」

と、悦子が、答える。

「帰る時は、京王線の明大前駅まで歩き、そこから電車に乗るわけですね？」

「はい」

「すると、学校から、明大前駅までの間に、誘拐されたのかも知れませんね」

十津川は、地図を広げていう。

敬介が、その地図の上に、腕時計のあった公衆電話ボックスの位置を、指さした。

十津川が、そこに、赤インクで、印をつけた。

「犯人は、車で、娘さんを連れ去ったんだと思いますね」

と、亀井《かめい》刑事が、いった。

その時、電話が、鳴った。

午後十一時三十分。

2

敬介が、十津川に促されて、受話器を取った。

「小野ですが――」

「納得したか？」

と、いきなり、相手が、きいた。相変らず、変声器を使ったらしい声だった。

「娘は、無事なのか？」

「もちろん、無事だよ。こっちは、人殺しが、目的じゃないからな」

「何が、欲しいんだ？　いってくれ」

「もちろん、金だよ。二億円用意しろ」

と、相手は、いった。

「二億円？」

「小野精機の去年の実質利益は、三十億円だろう。この不景気に、たいしたものだ。その十五分の一でいい。明日の昼までに用意しろ。午後一時になったら、また、電話する」

「娘の声を聞かせてくれ」

「二億円用意できた時に、聞かせてやるよ」

それで、電話は、切れた。

犯人は、明らかに、携帯電話を使い、しかも、車で、移動しているらしい。

それでは、電話の逆探知は、不可能だ。

十津川は、亀井刑事たちと、テープレコーダーに録《と》った短かい犯人の言葉を、聞き直した。

「変声器を使っていますね」

と、亀井が、いう。

「用心深いんだ。必要なことだけいって、すぐ、切ってしまっている」

十津川が、ぶぜんとした顔で、いった。

「明日になったらR女子大から、明大前駅までの間で、聞き込みをやりましょう。目撃者がいるかも知れません」

と、亀井は、いった。

「そうしてくれ」

と、十津川は、いってから、

「二億円か」

「娘のためなら、いくらでも払いますよ」

と、敬介が、甲高い声で、いった。

「今日は、もう、犯人は、電話して来ないでしょうから、明日に備えて、休んで下さい」

十津川は、小野夫婦に向って、いった。

そんなことをいわれても、夫婦は、眠れるものでは、ないだろう。

だが、十津川は、無理をしても、小野夫婦に眠って欲しかった。

多分、明日は、犯人は、身代金の受け渡しについて、さまざまなことをいってくるだろう。その時、犯人が、指名してくるのは、小野夫婦のどちらかなのだ。その時、頭をすっきりさせておいて欲しいのだ。

「とにかく、眠っておいて下さい。睡眠薬を使ってでも」

と、十津川は、いった。

午前二時を過ぎた。夫婦は、やっと、二階の寝室に入ってくれた。

十津川が、何とか、夫婦を、二階に押しやったのは、眠って貰うためもあったが、二人について、調べたことを、自分たちで話し合うためでもあった。

誘拐事件は、全て、同じではない。

純粋に、金目的の犯行もあるし、人質にとった人間への恨みのケースもある。

また、両親を恨んでいて、子供を、誘拐するケースもあるのだ。

だから、十津川は、ここに来ていない刑事たちに、小野敬介と妻の悦子について、調べさせた。

その報告が、ＦＡＸで、送られて来ていた。

〈小野敬介、四十五歳。

小樽市に生れる。札幌工大を卒業後、東京の株式会社F精密機械に入社。

三十七歳の時、独立し、小野精機を作る。従業員わずか十二名。

その後、超小型ベアリングや、超小型スケールの開発に成功し、アメリカにも販路を広げ、現在、年間純利益三十億円の優良企業に成長した。

妻悦子とは、彼が二十七歳、悦子二十四歳の時に結婚し、一人娘ミユキ（十八歳）をもうける。

敬介は、子供の時から、頭脳明晰《めいせき》、決断力に富むが、冷酷だと、非難する人もいる。

彼が、独立して、小野精機を作ったとき、札幌工大の同窓生、木村誠《きむらまこと》が、行動を共にした。

超小型ベアリングと、超小型スケールの開発は、木村の力が大きかったことは、小野自身、認めている。

しかし、成功に気をよくした木村は、株に手を出して失敗し、二億円近い借金を背負ってしまった。

その時、小野は、会社を守るために、その友人を馘首《かくしゅ》した。彼が、冷酷だといわれる理由の一つは、このことにあるかも知れない。

現在、木村誠が、何処で、何をしているか、生死も、不明である。小野精機を馘首されたあと、離婚したことだけは、わかっている。

小野悦子は、東京都世田谷区内のサラリーマンの家庭に生れ、R女子大の英文科を卒業したあと、F精密機械に入社し、営業部長の秘書となった。夫の敬介とは、いわば、職場結婚である。

大学時代、ミス・キャンパスに選ばれている。夫に比べると、社交的で、よく、パーティを開くことがある。

彼女のことを、悪くいう者は、殆《ほとん》どいない。

娘のミユキについては、まだ、未成年のため、データは、収集できなかった〉

「この木村誠という男が、誘拐犯という可能性も、考えられるな」

と、十津川が、いった。

「小野が、自分を助けてくれず、冷酷に、馘首したことへの恨みですか?」

亀井が、きく。

「そうだよ。二人は、いわば、共同経営者みたいな存在だったと思う。自分が苦しい時、その相手が助けてくれなかったということで、恨みに思い、小野を苦しめてやれという気持を持ったとしても、おかしくはないだろう」

「そうですね」

「二億円という金額も、気になる。木村が、小野精機をやめたとき、二億円の借金を作っていたということだからね。その時、小野が、二億円を、木村に貸せば、彼は、立ち直れた。木村は、そう思っているのかも知れない。だから、身代金として、二億円を要求しているということも、考えられるからね」

と、十津川は、いった。

「明日になったら、何とかして、木村誠の行方を調べましょう」

と、亀井は、いった。

少しずつ、夜が、明けていく。

「われわれも、少し、休んでおこうじゃないか」

と、十津川は、刑事たちに、いった。

3

二十一日。午前九時。

小野敬介は、取引銀行に連絡し、二億円の現金を、持って来てくれるように、頼んだ。

一方、小野家に集った刑事以外の者が、R女子大と、明大前駅の間で、聞き込みを開始した。

木村誠が、現在、何処で、何をしているかという捜査もである。

また、こわれたブルガリの腕時計は、鑑識に送られ、指紋の検出が、行われた。

腕時計からは、指紋は、検出されなかった。犯人は、手袋をして、時計を、いじったのだ。

R女子大と、明大前駅との間での聞き込みも、はかばかしくなかった。不審なRV車を見たという目撃者は、見つかった。

ブルーのRV車で、二十日の午後四時前後に、公衆電話ボックス近くに停《とま》っているのを見たというのである。

しかし、目撃者の学生は、その車のナンバーを覚えていなかった。果して、誘拐と関係があるかどうかも、不明だった。

木村誠についても、同じだった。居所も、生死も、いぜんとして、不明のままである。

ただ、木村の顔写真は十津川のところに、送られてきた。

ほとんど、何もわからない間に、午後一時が来て、再び、小野邸の電話が鳴った。

小野敬介が、受話器を取る。

「小野ですが――」

「二億円は、用意できたか?」

犯人は、いきなり、きく。

「用意した。どうしたらいい?」

「ヴィトンの旧式のボストンバッグ二つに、一億円ずつ、入れるんだ。大きさは、それでわかるだろう。なければ、すぐ買いに行け。一時間後に、また、電話する」

「娘の声を、聞かせてくれる約束だ」

と、小野は、いった。

とたんに、

「パパ、ママ、助けて。助けて下さい！」

というミユキの声が、聞こえた。

だが、それで、すぐ、電話は、切れてしまった。間違いなく、娘の声だったが、彼女が、電話の傍で叫んだのか、あらかじめ、録音しておいて、聞かせたのか、小野には、わからなかった。

悦子が、すぐ、車で、デパートに行き、ヴィトンの旧型のボストンバッグ二つを、買って来た。

それに、一億円ずつの札束を詰める。札束と一緒に、発信機をかくすことも考えられたが、犯人に見つかった時の、人質の危険を考えて、実行されなかった。

今は、とにかく、人質の安全が第一だった。

午後二時に、電話が入った。

「ヴィトンのボストンバッグを用意したか？」

犯人は、いつも、いきなり、きいてくる。

「二つ買って来て、一億円ずつ詰めたよ」

と、小野が、答える。

「妙な小細工はしてないだろうな？」

「何も、細工はしていない。父親の私としては、とにかく、娘を無事に返して欲しいんだ。そのためなら、二億円ぐらい、惜しくない」

「いい心がけだ」

「君は、なぜ、私の娘を誘拐したんだ？　私に何か、個人的な恨みでもあるのかね？」

と、小野は、きいた。これは、十津川に、きいてくれと頼まれた質問だった。

「何もない。おれの目的は、金だけだ。だから、金さえ貰えば、娘は返してやるよ」

「じゃあ、たまたま、私の娘が、狙われたのか？　金にさえなれば、誰だって、良かったのか？」

「何をぐだぐだいってるんだ？　何回もいってるだろうが。おれは、金にさえなれば、誰だって、良かったんだよ。二億円は、二つのボストンバッグに入れたんだな？」

「ああ、入っている」

「携帯電話を持っているか？」

「ある。持っている」

「番号を教えろ」

「090――」

と、小野は、いった。

「では、その携帯と、二つのボストンバッグを持ち、奥さんと二人で、あんたのベンツに乗り込め」

「家内と？　私一人じゃ駄目なのか？」

「よく、文句をいう男だな。娘が、死んでもいいのか？」

と、犯人は、脅した。

「わかった。いう通りにする。ベンツに家内と乗ってから、どうする？」

「そのあとは、携帯に、指示を与える。さっさと、行け。時間がないぞ」

「何の時間だ？」

「娘さんの生きている時間だよ」

と、犯人は、いった。

電話が切れると、小野は、十津川を見た。

「とにかく、指示通りに動いて下さい。車に乗せて、携帯で指示を与え、引き廻すのは、誘拐犯のよくやる手です」

と、十津川は、いった。

「それから、どうなるんですか?」

「とにかく、犯人は、金が欲しいんです。だが、警察に捕まるのは怖い。それで、きっと、車で、都内を、ぐるぐる走らせると思います。そうしておいて、警察の尾行がついているかどうか調べるんです」

「娘の命が、かかっているんです。犯人を刺戟《しげき》することだけは、止《や》めて下さい。お願いします」

と、小野は、いった。

「わかるような尾行はしません。その中《うち》に、犯人は、二億円を渡す場所を、指示してきます。その時が、勝負です」

「警察との連絡は?」

「もう一台、携帯を渡しておきます。それは、われわれと、常に、通話できるようにしておいて下さい。犯人が、何か指示してきたら、それを、われわれに伝えて下さい」

と、十津川は、いった。

十津川は、自分の携帯を、小野に渡した。

小野は、二億円の入ったボストンバッグを下げ、妻の悦子と一緒に、部屋を出て行った。

「さあ、始まるぞ」

と、十津川は、部下の刑事たちに、いった。

十津川と亀井、西本《にしもと》と日下《くさか》が、コンビで、覆面パトカーに、乗り込んだ。

小野夫婦の乗ったベンツでは、犯人から、小野の携帯に、かかっていた。

「こちらの指示通りに、車に乗ったか？」

「乗っているよ」

「傍に、二億円入りのボストンバッグが、置いてあるな？」

「ちゃんと、ある。何処へ向えばいいんだ？」

と、小野は、きいた。

「そうだな。今、自宅のある初台《はつだい》だな？」

「そうだ」

「それでは、首都高速に入って貰う。銀座方向に向って、走れ」

と、犯人は、いった。

「そのあとは？」

「しばらく、様子を見る。警察の尾行がついているかどうかをだ。スタートしろ」

小野は、ベンツを、走らせて、初台から、首都高速に入った。

助手席の悦子が、十津川が貸してくれた携帯で、犯人の指示を、知らせた。

「警察の尾行を調べるので、首都高速を、銀座方向に走れと、いってきました。今、初台から、高速に入ったところです」

十津川と亀井の覆面パトカーは、少し間を置いて、首都高速に入った。

「予想どおりですね」

と、亀井が、いう。

「そうだな。多分、しばらく走らせておいてから、身代金受け渡しの場所を、指示してくる筈だ」

と、十津川も、いった。

「まさか、首都高速から、ボストンバッグを投げろというんじゃないでしょうね？」

「いや、あり得るよ」

十津川は、全てのパトカーに、首都高速の近くに、待機するように、指示した。

その後、犯人から、なかなか、次の指示が、小野に伝えられなかった。

彼のベンツは、いつの間にか、銀座を通り過ぎていた。

やっと、犯人から、電話があった。

「今、何処を走っている？」

「銀座を通り過ぎた。間もなく、新橋だ」

「そのまま、もうしばらく、走れ」

と、犯人は、いった。

「何処まで走ればいい？　娘は、何処にいるんだ？」

「あわてなさんな。時間は、いくらでもあるんだ。おれのいう通りにしていれば、娘さんの所へ、案内するよ」

また、犯人からの電話が切れた。

悦子が、十津川に、連絡する。

「犯人は、まだ、走り続けるように、いって来ました」

「とにかく、犯人の指示に、従って下さい」

と、十津川は、いった。

犯人は、ずっと、首都高速を、走らせる気だろうか？

亀井のいうように、首都高速の上から、下の一般道に向けて、二億円入りのボストンバッグを、投げろと、指示することは、十分に考えられる。

十津川は、助手席で、首都高速の路線図を見つめた。

この何処で、犯人は、ボストンバッグを、高速から下に、投げ落とさせる気なのだろう。

もし、犯人がその気なら、彼は、下の一般道を、車で、走っている筈である。

十津川は、パトカーに、首都高速の新橋附近に集り、走るように、指示を与えた。

また、犯人は、なかなか、連絡して来なかった。

4

「今、何処だ?」

と、犯人が、きいた。

「間もなく、上野だ。何処まで走らせるんだ?」

小野が、きいた。

「もうあきたか?」

犯人が、電話の向うで、小さく笑った。

「早く、娘に会わせてくれ！」

「よし。上野で、首都高速を出ろ」

と、犯人は、いった。

「そのあとは？」

「上野駅の中央口に行け」

と、犯人は、いった。

小野は、首都高速を出ると、上野駅の中央口に向って、ベンツを走らせた。

十津川にも、そのことは知らされた。

「上野駅へ行けだと」

「どうする気ですかね？　上野駅の構内で、身代金の受け渡しを行う気でしょうか？」

亀井が、首をかしげて、きく。

「わからん。とにかく、われわれも、上野駅へ行こう」

と、十津川は、いった。

小野夫婦のベンツは、上野駅の中央口に着いた。

タクシーが、列を作っている。それに、割り込む恰好《かっこう》で、小野は、車をとめた。

「着いたか？」

と、犯人が、きく。

「ああ、着いた。それから、どうする？」

「助手席のダッシュボードを開けて見ろ」

と、犯人は、いう。

悦子が、ダッシュボードを開けた。白い封筒が、一枚、入っていた。

「封筒が、見つかったか？」

「見つかった」

「それを、ポケットに入れ、ボストンバッグを二つ持って、車を降りろ。降りたら、駅の構内に入れ」

「車は、どうする？」

「奥さんに、運転させて、帰せばいいだろう。そのために、奥さんを、一緒に乗せたんだ」

と、犯人は、いった。

小野が、ためらっていると、犯人は、

「さっさと、やれ！」

と、怒鳴った。

小野は、ダッシュボードにあった封筒を、ポケットに入れ、二つのボストンバッグを両手に下げて、車をおりた。

悦子は、車を、駅の外れに、出してから、携帯で、十津川に、連絡した。

「主人は、車のダッシュボードにあった封筒と、お金を持って、駅の構内に入って行きました」

「封筒の中身は？」

「ちらっと見たんですが、列車の切符みたいに見えましたけど、どの列車のものか、わかりません。とにかく、車を運転して、帰れと、主人にいわれました」

と、悦子は、いう。

「上野駅に行ってみよう」

十津川は、亀井に、いった。

駅に着くと、十津川と亀井は、構内に、駆け込んだ。

他のパトカーも到着して、刑事たちが、構内に集ってきた。

その刑事たちに向って、十津川は、

「小野さんは、犯人の指示で、この上野から、列車に乗ったと思われる。山手線や、地下鉄なら、切符を用意したりはしないだろうから、この上野駅から出発する遠距離列車だと思う。新幹線を含めて、調べてくれ。小野さんは、大きなボストンバッグを両手に下げているんだから、かなり目立つ筈だ。目撃者を見つけて、どの列車に乗ったか、聞き出せ。もし、まだ、乗っていなかったら、近づかずに、私に、携帯で、知らせるんだ」

二人の刑事が、地下にある新幹線ホームに向って、降りて行き、他の刑事たちは、一階に並ぶ、在来線の出発ホームに、散らばっていった。

五、六分して、西本刑事から、連絡が、入った。

「どうやら、小野さんは、カシオペアに乗ったようです。駅員が、二つのボストンバッグを下げた小野さんと思われる男が、カシオペアに乗り込むのを見ています」

「カシオペアというと、新しい寝台特急だな?」

「そうです。札幌行の寝台列車です。13番ホームから、一六時二〇分に、出発しています」

と、西本は、いった。

十津川と、亀井は、改札口を通り、一番左端の13番ホームに、急いだ。

新しい寝台特急「カシオペア」の大きな看板が、出ていた。

そういえば、上野駅のコンコースにも、大きな、カシオペアのポスターが、出ていた。

大変な人気で、切符の入手が困難だというのを、十津川は、聞いたことがある。

十津川は、ホームの時計に眼をやった。

午後四時三十五分（一六時三五分）になっている。

カシオペアは、十五分前に、出発したことになる。同じ13番線には、一六時五〇分に、

同じ北海道行の寝台特急「北斗星」が、出ることになっていた。

十津川は、コンコースに戻ると、カシオペアの時刻表を調べた。

上　野発	16：20
大　宮〃	16：44
宇都宮〃	17：48
郡　山〃	19：17

福島〃　19:54
仙台着　20:56
〃発　20:58
一ノ関〃　22:07
盛岡着　23:15
〃発　23:17
←
函館着　4:16
〃発　4:29
森着　5:15
八雲〃　5:42
長万部〃　6:07
洞爺〃　6:37
伊達紋別〃　6:50
東室蘭〃　7:09

登　別〃　7：25
苫小牧〃　7：55
南千歳〃　8：15
札　幌着　8：55

これが、カシオペアの時刻表である。

上野から、札幌まで、十六時間三十五分の旅だった。

全室、二人用の個室である。

西本が、カシオペアのカタログを貰ってきた。

1号車から、12号車までだが、12号車は、ラウンジカー、3号車は、食堂車だから、小野は、他の車両に乗ったのだろうが、どの車両かは、全く、見当がつかない。

「犯人も、当然、同じカシオペアに乗っていて、車内で、身代金を受け取るつもりだと思いますね」

と、亀井が、いった。

他に、考えようはない。

「カシオペアに追いつける新幹線を見つけてくれ」

と、十津川が、いった。

亀井が、時刻表を調べる。

「今、一六時五八分ですから、一七時一〇分上野発のやまびこ51号に間に合います。この列車の郡山発が、一八時二四分ですから、同じ郡山発一九時一七分に、ゆっくり、追いつけます」

と、亀井が、いった。

「郡山より手前で、追いつけないのか?」

「このやまびこ51号は、大宮を出たあと、郡山まで、止まりませんから」

「仕方がない。その列車に乗ろう」

と、十津川は、いった。

地下の新幹線ホームに、二人は、降りて行った。

やまびこ51号に乗る。

列車が、地上へ出たところで、十津川は、小野の持っている携帯にかけてみた。

「もし、もし」

という小野の声が、応《こた》えた。

「十津川警部です。今、カシオペアに、乗ってるんですね？」

「犯人から、切符を渡され、乗るように、指示されました」

不安気な小野の声だった。

「犯人から、その後の連絡は？」

「ありません。犯人は、この列車に、乗っているんでしょうか？」

「多分、乗っていると思います。私たちは、東北新幹線で追いかけています。郡山で、追いつけます。犯人から、連絡があったら、すぐ、知らせてください」

「わかりました。私が、乗ってるのは、2号車の3号室です」

と、小野は、いった。

十津川は、そのルームナンバーを、手帳に書き止めてから、また、腕時計に眼をやった。いつもは、早過ぎると感じる新幹線が、今日は、遅く感じられてならなかった。いくら焦っても郡山までは、追いつけないのだ。

小野から、なかなか、電話が、かかって来なかった。

十津川は、小野の自宅に電話をかけてみた。

犯人から、妻の悦子に、何か、連絡がなかったか知りたかったからである。

電話には、彼女と一緒に、小野邸に戻った西本が出た。

「まだ、犯人から、何の連絡もありません。従って、誘拐された娘さんの行方も、わかりません」

と、西本は、いった。

やっと、二人の乗ったやまびこ51号は、郡山に着いた。

新幹線を降りると、在来線のホームに、移って行った。

カシオペアが、着くまでには、まだ、一時間近い時間がある。

十津川は、自分を落ち着かせようと、ホームの喫煙コーナーに行って、煙草に火をつけた。

「犯人は、どうしているでしょうね？」

亀井が、きく。彼の顔にも、落ち着きがなかった。

「わからないな」

「犯人も、カシオペアに、乗っているんでしょうか？」

「乗っていてくれれば、逮捕する可能性も、出てくる」

と、十津川は、いった。

時間が、ゆっくり過ぎていく。今日は、やたらに、腕時計の針の動きが遅い。

やっと、暗闇の中から、カシオペアの車両が、近づいて来た。

美しい車体が、ゆっくり、ホームに入って来て、停った。

二人は、乗り込むと、2号車に入って行った。

細い廊下の片側に、個室が、並んでいる。

3号室は、上下に分れている。ドアをノックしたが、返事がない。

不安が、十津川の頭をよぎった。

亀井が、車掌を呼んで来て、マスターキーで、ドアを開けて貰った。

ドアを開けた一階が、ベッドルームになっている。らせん階段をあがった二階が、展望のいい椅子《いす》席になっている。

ベッドルームに、小野の姿は、なかった。

そこに、寝た形跡もない。

十津川は、急ならせん階段を、のぼって行った。

広い窓がある。椅子が二つ、小さなテーブルをはさんで向き合っている。

他にトイレと、シャワー室がある。狭いが、機能的に出来ているのだが、ここにも、小野の姿はなかった。

「きっと、食堂車に行っておられるんだと思います」

と、車掌が、いった。が、十津川には、そうは思えなかった。

小野は、身代金の二億円を、持っているのだ。それに、いつ犯人から連絡が入るかも知れないのである。

夕食をとっている余裕は、ないだろう。

亀井も、二階に、あがってきた。

「私も、食事に行っているとは、思えません」

と、いい、ソファの下を、のぞき込んでみたが、二つのボストンバッグを見つけて、テーブルの上にのせた。

ルイ・ヴィトンのボストンバッグだった。

十津川が、開けた。

が、二億円は、消えていた。

5

「やられた」

と、十津川が、小さく呟いた時、小さく、携帯の鳴る音が聞こえた。

とっさに、自分の携帯を取り出したが、鳴っているのは、別の携帯だった。

「下みたいです」

と、亀井が、いった。

二人は、一階のベッドルームに、急いで、降りて行った。

二つのベッドが、くっつくように、並んでいる。その小さな隙間《すきま》に、携帯が落ちていた。

十津川が、拾いあげて、

「もし、もし」

「刑事さんか」

と、男の声が、いった。

「君は、誰だ？」

「三億円は、頂いた」

「娘さんは、何処だ？」

「それは、明日になったら、教える。警察が、下手に動くと、娘は、死ぬぞ」

男は、脅すように、いった。

「小野さんは、どうしたんだ？　何処にいるんだ？」

十津川が、きくと、男は、バカにしたように、

「さあ、何処かな？　探してみたまえ」

と、いい、電話を切ってしまった。

列車は、すでに、走り出していて、郡山の駅は、どんどん、遠去かって行く。次の停車駅は、福島である。

二人は、ベッドに、腰を下してしまった。

「犯人は、われわれが、郡山で、追いつくことを、計算に入れていたんだ」

十津川は、口惜《くや》しそうに、いった。

「かも知れませんね」

「バカだって、想像がつく。小野さんを、カシオペアに乗せれば、警察は、何とか、途中

で、追いつこうとする。追いつく方法は、東北新幹線だけだ。そして、時刻表を見れば、一番近い東北新幹線は、やまびこ51号とわかる。やまびこ51号は、郡山で、カシオペアに追いつく。だから、犯人は、カシオペアが、郡山に着くまでの間に、二億円を奪うことにしたんだよ」

「上野から、郡山までの間となると、大宮、宇都宮と、二つの駅に停ります」

と、亀井が、いった。

大宮　一六時四四分。

宇都宮　一七時四八分。

「このどちらかで、犯人は、二億円を奪い、小野さんも、列車から、降ろしたんだろう」

と、十津川は、いった。

やまびこ51号から、十津川が、カシオペアの小野に電話したのは、五時二十分（一七時二〇分）頃である。

その時、小野は、まだ、カシオペアに乗っていたんだから、犯人が、仕事をしたのは、大宮ではなく、宇都宮の方だろう。

すでに、時刻は、午後七時半（一九時三〇分）を、過ぎていた。

一時間以上前に、犯人は、二億円を奪って、姿を消してしまっていることになる。

「犯人は、どうやって、小野さんから、二億円を奪ったんでしょうか？」

亀井が、きいた。

「これは、想像するより仕方がないんだが、私は、犯人も、カシオペアに乗っていたんだと思う」

と、十津川は、いった。

「同じ車内から、小野さんに、連絡したわけですね」

「そうだ。そして、脅したんだと思う。警察に知らせたら、娘を殺すぞとでも、いってね。車内は、われわれ警察もいなかったから、小野さんは、孤立無援だ。犯人の指示に従うより方法はなかったと思うね」

「犯人は、二億円を、別の入れ物に入れかえて、宇都宮で、降りたということですか？」

「そうだろう」

「なぜ、別の入れ物に入れかえたんでしょう？」

と、亀井が、きく。

「車掌が、ルイ・ヴィトンのボストンバッグのことを覚えていると困ると思ったからじゃないか。それも二つも下げている小野さんのことは、覚えているかも知れないからね」

「小野さんも、宇都宮で、降ろしたんですかね？」

「今、カシオペアに乗っていなければ、宇都宮で降りたと思わざるを得ないよ」

と、十津川は、いった。

カシオペアでは、二回に分けて、乗客は、食堂車で夕食をとる。

和食と洋食があり、人気があった。

その二回目の夕食の時間が終っても、小野は2号車3号室に、戻ってこなかった。

やはり、小野は、宇都宮で、降りているのだ。いや、犯人に、降ろされたに、違いない。

「犯人は、なぜ、小野さんまで、宇都宮で、一緒に降ろしたんでしょうか？　足手まといになると思うのに」

と、亀井が、きいた。

「時間稼ぎだろう」

と、十津川は、いった。

「時間稼ぎですか？」

「宇都宮で、犯人が、小野さんを列車に置き去りにして逃げたとしたら、すぐ、小野さんが、警察に電話してしまう。となると、逃げる時間の余裕がないんだ。それで、小野さんも、一緒に、連れて、降りたんだと思うね」

と、十津川は、いった。

二人は、次の福島で降りると、すぐ、宇都宮へ引き返した。

駅長に協力を要請して、カシオペアから、宇都宮駅で降りた乗客のことを調べて貰った。

カシオペアは、全室、寝台個室だから、北海道へ着く前に、途中駅でおりる乗客の数は、極めて少い。

この日、宇都宮でおりた乗客も、二人だけである。

その二人が犯人と、小野であるに違いない。

十津川は、改札を担当した駅員に、小野の背恰好や、顔立ちを話して、改札を通らなかったかどうか、聞いてみた。

「多分、もう一人の男と一緒だったと思うのです。そして、どちらかが、大きなバッグを持っていた筈なんですがね」

と、十津川は、いった。

駅員は、首をかしげていたが、

「ちょっと、思い出せないんですが――」

「カシオペアが着いた直後ですよ。宇都宮で降りたことは、間違いないんですがね」

「そういわれましてもねえ――」

「カシオペアで、上野から乗り、ここで途中下車した乗客は、二人しかいないんですよ」

「そのお二人なら、わかっています。ご年配のご夫婦で、急用を思い出されて、ここで降りられたんです。改札も、通っていますから」

「その男の方は、私がいった背恰好、人相じゃなかったの？」

十津川が、きく。

「ぜんぜん違います。ずっと背の低い方でした」

と、駅員は、いう。

彼が、嘘《うそ》をついているとは、思えなかった。

十津川は、小さく溜息《ためいき》をついて、

「犯人は、小野さんと、この宇都宮で、降りなかったんだ」

と、亀井に、いった。

「しかし、カシオペアからは、消えていましたよ」

「ああ。私のいった意味は、列車からは、降りたが、駅の外には、出なかったということだ。二人は、カシオペアから降りたあと、他の列車に、乗りかえたんだ」

と、十津川は、いった。

「どの列車ですか？」

「カシオペアは、宇都宮を、一七時四八分発だ。二人は、そこで降り、駅の外には出ずに、別の列車に、乗りかえたんだよ」

「一七時四八分ですと、いくらでも、列車はありますよ。新幹線も在来線もありますから」

と、亀井が、いう。

一七時四八分直後に、宇都宮を出る列車を調べてみた。

下り新幹線

一七時五六分「なすの２４３号」

一八時一三分「やまびこ１４１号」

上り新幹線

一七時五六分「やまびこ50号」
一八時一五分「なすの254号」

下り東北本線
一七時五五分　普通黒磯行
一八時一二分　寝台特急「北斗星1号」
一八時三七分　快速「ラビット」黒磯行

上り東北本線
一八時〇四分　快速「日光号」
一八時〇六分　特急「ビューくろいそ号」
一八時一〇分　快速「フェアーウェイ」

こんなところが、考えられる。

二人の刑事は、宇都宮駅のコンコース内、喫茶店で、書き抜いた時刻表を、見ていた。

「このどれに乗っても、犯人は良かったんだよ」

と、十津川は、いった。

とにかく、犯人は、宇都宮駅から遠去かれば、よかったのだ。

考えなければならないことは、いくらでもあった。

最初に、考えるのは、何といっても、人質のことである。

小野ミユキは、生きているのか、すでに殺されてしまっているのか？　生きているとしたら、何処に監禁されているのか？

小野に馘首された木村誠は、果して、犯人なのか？

誘拐犯は、電話では、変声器を使っているので、声からだけでは、木村かどうかわからない。

犯人は、ひとりなのか、それとも、共犯がいるのか？

そして、宇都宮からどの列車に乗って、消えたのか？

「私は、新幹線は、使わず、在来線の上り列車に乗ったと、思っている」

と、十津川は、いった。

「どうしてですか？」

「在来線のカシオペアを降りて、新幹線ホームに行くには、距離がある。その間に、目撃される可能性がある。その点、在来線なら、乗りかえるのが楽だ」

「上り列車と思われるのは、なぜですか？」

「これも、私の勝手な想像だがね。誘拐は、東京で行われた。監禁場所も、東京ではないかと思っているんだ。とすれば、犯人は、東京に戻るのではないかとね」

「共犯の有無は、どうですか？」

「私は、共犯がいると思っている。人質の娘を監視する人間と、カシオペアに乗り込んで、小野さんから、二億円を奪い、宇都宮駅で、列車から、降ろさせた人間の、少くとも二人が必要だからだよ」

「犯人が、木村誠だとなると、カシオペアに乗り込んだのは、彼ではなくて、共犯ということになりますね。木村だったら、すぐ小野さんに、わかってしまいますから」

「そうだな。それに、木村だったら、小野さんは、殺されかねない。顔見知りだからね。無事に、解放はしないだろう」

と、十津川は、いった。

二人は、とにかく、その日の中《うち》に、東京に戻ることにした。

小野邸に戻ったが、小野は、戻っていなかった。

「犯人から、まだ、連絡はないのか？」

と、十津川は、そこにいた西本たちに、きいた。

「ありません。ずっと、電話の前で、待っているんですが」

西本が、答える。

「と、すると、カシオペアにあった小野さんの携帯にかかってきた連絡が、今のところ、最後の犯人の声ということになるのか」

その携帯電話は、十津川が、持ち帰っている。

十津川は、それを、テーブルの上に、置いた。

あの時、犯人は、二億円を受け取ったといい、人質の居所を教えるのは、明日になってからだと、いった。

「それを、信用していいんでしょうか？」

と、小野の妻の悦子が、青い顔で、十津川に、きく。

「信じて、待ちましょう」

としか、十津川には、いえなかった。

成人の人質は、殺されることが多い。それは、犯人の顔や声を覚えているからだ。十八歳の娘も、その点は、同じだろう。

しかし、そんなことを、母親にいうことは、出来ない。

「主人は、どうなったんでしょう？」

と、悦子が、きく。

犯人は、電話の中で、小野の行方は、知らない、警察が、探せと、突き放したような、いい方をした。

その言葉を、十津川は、もちろん、信用するわけにには、いかない。

小野は、犯人か、共犯に、何処かへ連れ去られたと、十津川は、考えていた。いや、誰でも、そう考えるだろう。

一人娘を殺すと脅かされれば、小野は、犯人のいいなりに動くより仕方がなかったと思われる。

だから、犯人が、二億円と共に、小野を、カシオペアから、宇都宮で降ろしたことは、容易に、想像できる。

問題は、その後である。

十津川は、時計に眼をやった。

すでに、夜の十二時を回っている。

「おかしいな」

と、十津川は、呟いた。

「犯人は、時間稼ぎで、小野さんを連れて、カシオペアから降りたと思うのだ。もう十分に、時間は稼いだ。それなのに、どうして、今になっても、小野さんを解放しないんだろう?」

「そうですね」

と、亀井が、肯《うなず》いて、

「人質は、すでに、一人いるんですから、二人も必要ないし、足手まといになるだけだと、私も、思います」

「解放されれば、すぐ、ここへ、電話してくる筈だ。奥さんが、心配していることも、われわれが、探していることも、知っている筈だからな」

十津川は、首をひねった。

「犯人が、木村誠で、小野さんに顔を見られたので、解放できなくなったんじゃありませんか?」

と、日下刑事が、悦子に聞かせまいと、小声で、十津川に、いう。

「そんなへまは、やらないだろう。カメさんとも話したんだが犯人が木村だとしても、カシオペアに乗ったのは、小野さんの知らない共犯者だと思うからね」

と、十津川は、いった。

時間が、過ぎていく。

午前一時を過ぎた。

だが、電話は、いっこうに、鳴らなかった。

犯人からも、小野からも、連絡がないままに、いたずらに、時間だけが、過ぎていった。

ふと、亀井が、呟いた。

「間もなく、カシオペアが青函トンネルに入る時間ですね」

第二章　ラウンジカー

1

青函トンネルが開通して、しばらくは、乗客は、列車が通過するのに、胸をときめかせたものである。

午前二時頃に、トンネルを通過する夜行列車でも、その時刻が近づくと、乗客が、わざわざ、ロビーカーに乗って来て、車掌から、青函トンネル開通の苦労話を聞いたりして、その時刻を待ち、いよいよ列車が轟音《ごうおん》を立てて、トンネルに進入すると、歓声をあげたものだった。

青函トンネル通過時刻に、頼んでおくと、車掌がわざわざ起こしてくれるサービスもあった。

それが今は、乗客自身が、馴《な》れてしまって、わざわざ、そんな時刻まで起きていて、青函トンネル通過を実感しようということが、なくなったのだろう。

それでも、先頭のラウンジカーには、中年の男女と、他に、二十五、六歳の若い女がいた。

中年のカップルの方は、しきりに、缶ビールを口に運んでいる。二人の前には、すでに、空缶が四、五本並んでいた。

ぽつんと離れた椅子《いす》に腰を下している若い女は、前のテーブルに缶ビールを一つ置いているのだが、飲もうともせず、じっと、窓の外に広がる闇を見つめていた。何か物思いにふけっている感じだった。

ラウンジカーは、機関車のすぐ後に連結されていて、両側の窓は大きく、椅子は全て、外に向けられている。展望車をかねているといってもいいだろう。

カシオペアの車掌は、青森で交代する。

青森で、同僚の山下と一緒に交代で乗り込んで来たJR北海道の阿部は、青函トンネルに入る前に、ちょっと、ラウンジカーをのぞいてみた。

子供がいて、時々、青函トンネルについて、質問してくることがあるからだった。

だが、今日は、子供はいなかった。それを見て、阿部は、すぐ、12号車の車掌室に引き返した。

轟音と共に、列車は、青函トンネルに、突入した。

トンネルには、二つの海底駅がある。万一の時に、避難所として使われる駅だが、海底駅というだけで、見学者が、押しかけて来た。

今は、JRが、子供に的をしぼり、列車に、「ドラえもん海底列車」と名前をつけて、見学者を募っている。

阿部は、窓の外に眼をやった。

暗いトンネルの壁と、一定間隔に点《っ》いている明りが、轟音と一緒に、うしろに流れていく。

陸のトンネルと、別に変った感じはない。

ただ、延々と長い。三十分を過ぎると、見ることに、疲れてくる。

急に、音が聞こえなくなる。青函トンネルを通過したのだ。

また、トンネルに入る。が、音が、明らかに違う。やはり、海底トンネルとは、壁にひびく音が違うのだと、阿部は思った。

阿部は、時計に眼をやった。

次の函館着は、午前四時十六分である。

青森で、JR東日本の車掌と、交代した時、事務引継ぎで、郡山駅で起きた事件について、聞いた。

2号車3号室の中年の乗客が、札幌までの切符を買っていたのに、途中で消えてしまったという事件である。

どうやら、郡山までの間に、降りてしまったらしい。何故か、警視庁の刑事が、その件について調べていたらしいが、どんな事件かは、教えてくれなかったといっていた。

内密を要する事件らしい。

とにかく、カシオペアの車内から、一人の乗客が途中下車しただけで、殺人は、起きていない。そのことで、JR東日本の車掌も、ほっとしていたし、阿部も、ほっとしていた。

このまま、何の事件、事故もなく、終着の札幌に着きたい。

函館には、十三分間停車する。

ここから先は、各駅停車の感じになる。

函館を出てすぐ、車内が、騒がしくなった。同僚の山下車掌が、見に行ったが、戻ってくると、青い顔で、

「ラウンジカーで、中年のカップルが、死んでいる」

と、阿部に、いった。

声が、上ずっていた。

一瞬、阿部には、彼のいう意味が、わからなくて、

「カップルが、どうしたって？」

と、聞き直していた。

「死んでいるんだよ！」

と、山下が、今度は、怒鳴った。

「どうして？」

「死んでいるんだよ！」

「だから――」

「ピストルで射たれている。心中かも知れない」

と、山下は、いった。

「おれも、見てみる」

阿部は、山下と、ラウンジカーに行ってみた。山下の説明では、事態がはっきり呑み込めなかったのだ。

ラウンジカーの入口には、五、六人の乗客が集まって、奥の方に眼をやり、騒いでいた。

阿部は、その人垣を、かき分けるようにして、山下と、ラウンジカーの中に入って行った。

一番奥の並んだ椅子に、中年の男と女が、埋まる感じで、動かずに、いた。

血が、床に流れて、乾いてかたまっている。

二人の足元に、黒光りする拳銃が落ちているのが見えた。

女は、胸を射たれたのか、白いセーターが、血で染っている。

男は、眼も当てられなかった。顔の半分が、吹き飛んでいたのだ。銃口を、こめかみに当てて、引き金でも引いたのか。

その血が、窓ガラスにまで、飛び散っていた。

阿部は、吐きそうになるのを、必死でこらえながら、

「電話して、指示を仰ごう」

と、山下に、いった。

のぞいている乗客を、外に押し出してから、二人は、ラウンジカーに、カギをかけた。

そのあと、JR北海道本社に連絡をとった。

本社から、更に、道警本部に電話をかけ、長万部《おしゃまんべ》駅で、道警の刑事が乗り込むので、それまで、現場を、確保しておくようにといわれ、それを、折り返し、阿部と山下の二人の車掌に知らせに来た。

カシオペアは、森、八雲と停車し、午前六時過ぎに、長万部駅に到着した。

どかどかと、道警の刑事と、鑑識が、列車に乗り込んで来た。

阿部が、ラウンジカーのカギを開け、刑事たちを、中に入れた。

リーダー格の松下《まつした》警部は、男女の死体を見て、眉《まゆ》をひそめた。

「ひどいものだ」

と、呟《つぶや》いた。

鑑識が、写真を撮ったあと、落ちていた拳銃を取りあげて、指紋の採取に入った。

それがすむと、問題の拳銃は、松下に、渡された。

手袋をはめた手で、松下は、拳銃を調べた。中国製のトカレフだった。

弾倉を外してみる。トカレフは九連発だが、弾倉には、四発しか残っていなかった。

現場を探すと、二つの薬莢《やっきょう》が発見された。つまり、ラウンジカーの中では、二発の弾丸が、発射されたことになる。

最初から、この拳銃の弾倉には、六発の弾丸しか装塡《そうてん》されていなかったのか、それとも、あとの三発は、別の場所で、発射されたのだろうか。

こうしている間に、カシオペアは、長万部を、発車していた。

松下は、車掌に眼をやった。

「この二人について、何か覚えていることがありますか？」

「男の方が切符を持っていますが、2号車の4号室でした。それから、この列車が、青函トンネルに入る直前に、私が、このラウンジカーをのぞいた時、すでに、缶ビールを五、六本あけていましたね」

と、阿部が、いった。

「確かに、前のテーブルに、六本缶ビールが、置いてありますね」

と、松下が、肯《うなず》く。

「そんな状態だったんです」

「他に、覚えていることは、ありませんか？」

「何か、考え込んでいる感じは、ありましたね。明るい感じじゃありませんでした」

と、阿部は、いった。

「ラウンジカーに、その頃、他に、乗客はいましたか？」

と、松下は、きいた。

「もう一人、若い女性客が、いました」

「どの辺ですか、この二人の近くですか？」

「いや、ずいぶん離れていましたよ」

阿部車掌は、その場所を、指さした。

「なるほどね。その若い女性は、ひとりだったんですか？」

「ええ。ひとりで、窓の外を見ていました」

「何か飲んでいましたか？」

「缶ビールを、前に置いていたけど、まだ、飲んではいなかったみたいです」

と、阿部は、いった。

「確かに、そこに、缶ビールの空缶は、ありませんね」

と、肯いてから、松下警部は、

「青函トンネルに入る直前、あなたが、ラウンジカーをのぞいたら、死んだ二人と、若い女の三人がいたというわけですね？」

「そうです」

「二人と、若い女は、無関係に見えましたか？」

「ええ。無関係に見えました。場所が離れていたし、お互いに、視線を合せていなかったんです」

「それから、どうしたんです？」

「12号車の車掌室に戻りました」

「そのあと、ラウンジカーは、見に行かなかったんですか？」

「ええ。トンネルを抜けて、函館に着いて、そのあと、急に、ラウンジカーの方が、騒がしくなったんです」

「それで、私が、見に行きました」

と、山下車掌が、代りに答えた。

「それで、この二人が、死んでいるのを、見つけたんですか？」

「ラウンジカーに行ってみると、五、六人の乗客が、中をのぞいて、騒いでいたんです。それで、二人のお客さんが、血まみれで、死んでいるのを見つけたんです」

「その時、問題の若い女性は、いましたか?」

「いえ。二人が、死んでいるだけでした」

「それから?」

「JR北海道本社に電話して、指示を仰ぎました。そうしたら、長万部で、警察が、乗り込むので、それまで、現場を確保しておくように、いわれたんです。その前に、ラウンジカーにはカギをかけました」

と、阿部が、いった。

「その間に、列車は、森駅にも、停っていますね?」

松下警部は、確認するように、いった。

「そうです」

「問題の若い女性ですが、今も、この列車に乗っていますかね?」

「わかりません。私たちは、青森から交代で、乗車したので、車内検札はしていません。その女性が、何処までの切符を持っていたのか、わからないのです」

と、阿部は、いった。

「顔は、覚えていますか？」

「ええ。だいたいは」

「申しわけありませんが、これから、全部の客室を、一緒に調べてくれませんか」

と、松下警部は、いった。

「やってみますが、北海道へ入ってからは、もう、何人も降りてしまっていますから」

と、阿部は、いった。

それでも、阿部は、松下警部と一緒に、全客室を、調べて行くことになった。

カシオペアは、人気があった。満室のことが多い。

今日も、ほぼ、満室だった。百パーセント満室だと、十二両八十八室一七六人の乗客が、あることになる。

だが、阿部が、予想した通り、問題の若い女は、どの客室にも、いなかった。

多分、函館で、降りてしまったのだ。

2

松下と阿部は、ラウンジカーに、戻った。

「確か、この列車でしたね。郡山で、事件があったのは」

と、松下が、思い出したように、いった。

「今もいったように、私と山下は、青森で交代したので、上野から青森までに起きたことは、業務引継ぎで、聞いているだけなのです。何でも、2号車の3号室の客室の中年の客が、札幌までの切符を持っていたのに、郡山の時点で、列車から、おりてしまったということでした」

「それが、事件だったんですか？」

「とにかく、警視庁の刑事さんが、郡山から乗って来て、JR東日本の車掌に、いろいろと、その乗客について、聞いていたそうですから」

と、阿部は、いった。

「警視庁の刑事は、どんな事件で調べているか、いわなかったんですか？」

「ええ。何の説明もなかったと、いっていましたね」

と、山下車掌が、いった。

道警の松下警部も、この事件について、警視庁から、何の説明も、受けていなかった。それを、縄張り意識だと、松下は、思っていた。これは、うちの所管だから、他県の警察に、いちいち説明する必要はないという意識だ。

もちろん、松下だって、北海道で起きた事件について、警視庁に説明する気はない。

ただ、同じカシオペアの中で、続けて、二つの事件が起きたら、どういうことになるのか？

二つの事件の間に、何の関係もなければめいめい勝手に、捜査しても構わないだろう。

だが、もし、関連があったら、合同捜査にした方が、解決は、間違いなく、早まる筈《はず》である。

松下は、携帯電話を使って、札幌の道警本部に、連絡を取った。

「男四十代、女三十代の二人が、カシオペアのラウンジカー内で、トカレフによって、射殺されていました。女は、胸を射たれ、男は、頭部を射たれています。今のところ、殺人なのか、心中なのか、不明です。目下、二人の身元の確認作業を行っていますが、身元を証明する所持品がないので、確認が、出来ません。死体は、終点の札幌駅でおろし、すぐ、司法解剖に廻したいと思いますので、その手配を、お願いします」

と、松下は、いった。

捜査一課長の岸辺《きしべ》は、

「容疑者は？」

と、きく。

「事件の直前に、同じラウンジカーに、二十代の若い女性がいたと、車掌が証言していますが、この客は、すでに列車をおりてしまっており、事件との関係は不明です」

と、松下は、いってから、

「このカシオペアは、郡山で、事件を起こした列車です」

「そうだったな」

「その後、警視庁から、事件についての詳しい説明はありませんか？」

「何もない。だから、郡山で、乗客二人が、消えたということしか、わかっていないんだ」

と、岸辺は、いった。

「ひょっとすると、二つの事件は、関連しているのかも知れません。それを、警視庁に話して、情報の交換をしてくれませんかね」

と、松下は、いった。

「君は、どうして、関連があると、思うのかね？」

「昨日の一六時二〇分に上野を出た列車の中で、続けて、二つも、事件が起きているんです。全く無関係とは、とても考えられないんです」

と、松下は、いった。

が、岸辺一課長は、慎重に、

「そう断定していいものかどうかね。郡山の事件は単に、乗客の一人が、いなくなったというだけのことだろう。札幌まで行くつもりだった乗客が、気が変って、途中でおりただけのことだともいえる。それに反して、こちらの事件は、二人もの人間が、射殺されているんだ。事件の内容が、全く違うじゃないか」

「それは、そうかも知れませんが――」

「とにかく、札幌で、死体をおろし、司法解剖をしたあと、果して、二つの事件に関係があるかどうか、考えてもいいだろう」

と、岸辺は、いう。

「わかりました」

と、部下の松下としては、肯くより仕方がなかった。

終点の札幌着、午前八時五十五分。

二つの死体は、ホームにおろされ、すぐ司法解剖のために、大学病院に運ばれることになった。

松下は、男女が入っていた2号車4号室から、二人の所持品と思われるヴィトンのボストンバッグと、プラダのリュックを押収して、それを持って、列車をおりた。

この二つは、すでに中身を調べてあったが、身元を証明するようなものは、発見できなかったのだ。

3

この事件の捜査は、札幌中署が、担当することになり、松下が、リーダーとなった。

男女二人の指紋は、すぐ、警察庁に送られた。

二人に前科があれば、すぐ、身元は割れるだろう。

松下は、机の上に、事件に使用されたトカレフを置き、二人の車掌の証言を録音したテープを聞いた。

車掌の証言によれば、男女は、列車が、青函トンネルに入るまで、生きていたことになる。

そして、列車が、トンネルに突入する。

轟音が、列車を包む。

その轟音にまぎれて、トカレフを射ったに違いない。

（と、すると、殺人の可能性の方が、強いのか？）

しかし、それは、松下の想像でしかないのである。

トカレフを手に取ってみる。中国製のトカレフは、安く、もっとも入手し易い拳銃だといわれている。

破壊力は、強力だが、命中精度は、悪い。しかし、あの至近距離なら、外すことはないだろう。

カシオペアの全車両をくわしく調べたが、ラウンジカー以外の車両では、薬莢は、見つかっていないし、発射された形跡もなかった。

あとの三発は、カシオペア以外のところで、発射されたのか。

松下は、トカレフを、机におくと、今度は、阿部車掌の証言をもとにして作った、問題の若い女の似顔絵を、手に取った。

阿部車掌も、ラウンジカーをのぞいて、ちらりと見ただけだというから、この似顔絵に、どのくらいの信用を、おいていいのかわからなかった。

年齢二十歳から二十五歳。

細面で、色白。髪は黒。椅子に座っていたので、身長はわからない。

阿部車掌は、死んだ男女とは、無関係に見えたという。

だが、彼女が、二人を殺した可能性は、ゼロではない。

トカレフで、男女を、次々に、射殺するというのは、若い女の犯罪とは、考えにくい。

少し、乱暴すぎる。

（だが、無視は、出来ない）

とも、松下は、思った。

どんな可能性でもあるのが、この世の中なのだ。

その日、二十二日の午後になって、司法解剖の結果が出た。

死因は、男女とも、射殺である。

女は、心臓に、トカレフの弾丸が命中し、男は、同じトカレフの弾丸が、脳を粉砕していたのだ。

死亡推定時刻は、二十二日の午前二時から、三時の間。その間に、カシオペアは青函トンネルを、通過している。

男の血液型は、A。やや肥満型で、糖尿の気がある。左腕上膊《じょうはく》部に、四ツ葉のクローバーの刺青《いれずみ》があった。身長一七五センチ。八〇キロ。

女の血液型はAB。痩《や》せ型。身長一六三センチ。四〇キロ。

手の爪に、草花の絵。両眼コンタクト。

二人の所持品については、松下の方で、チェックした。

まず、男が身につけていたのはジーンズと、革ジャンパー。スニーカー。Gショックの腕時計。カメラ。

女の方は、白のセーターと、上衣。長めのスカート。プラダの中ヒールの靴。腕時計は、二十万円台のブルガリ。

次は、男のものと思われるルイ・ヴィトンのボストンバッグだった。中に入っていたものは、着がえの下着類。新札で、百万円。これは、封筒に入っていた。他に、何のためか、アメリカ製の手錠、ガムテープ、スタンガン。

女の方のプラダのリュックには、シャネルの化粧品、派手な下着、それに、十二万三千円入りのプラダの財布。

その所持品は、統一がとれているようでもあり、ないようでもあった。

とにかく、所持品の中に、身元がわかるものが無いことは、間違いなかった。

普通の中年の男女が、当然、持っている筈のものを持っていないのだ。

例えば、運転免許証、キャッシュカード、携帯電話、キーホルダーといったものが、見つからない。

夕方になって、開かれた捜査会議では、当然、そのことが、問題になった。

その点について、捜査本部長から聞かれた松下は、

「二つの理由が、考えられます。事件が、他殺だとすると、被害者の男女の身元を隠すために、運転免許証などを、持ち去ったのではないかということです。もし、これが無理心中だとすると、何か理由があって、二人とも、自分たちの身元を示すものを、持っていな

かったということになって来ます」

と、いった。

「男が持っていたカメラだが、フィルムは入っていなかったのかね？」

と、本部長が、きいた。

「三十六枚撮りのカラーフィルムが入っていました。他に、未使用の同じ三十六枚撮りのカラーフィルム二本がありましたが、いずれも、何も写っていませんでした」

「アメリカ製の手錠とか、ガムテープとか、スタンガンといったものは、異様な感じだが、男は何のために、持っていたと、思うのかね？」

「わかりません。誰かを誘拐しようとしていたのか、男が、ＳＭ愛好家だったのか、どちらかだとは思いますが」

松下は、自信なげに、いった。

「二人の指紋の照合の結果は、どうだったんだ？」

「警察庁からの回答では、前科者カードに、該当するものは、なかったということです」

「いぜんとして、二人の身元は、わからずか？」

「そうです」

「使用された拳銃については、どうだ？」

と、本部長が、きいた。

「前に、何らかの犯行に使われたことがなかったかどうか、これについても、警察庁に照会していますが、まだ、回答はありません」

「男の右手に、硝煙反応はあったのか？」

「ありました」

「としたら、男が、女を射殺し、次に、自分のこめかみに、銃口を当てて、引き金を引いたんじゃないのかね？　つまり、無理心中と考えるべきではないのかね？」

と、本部長は、いった。

「普通には、そう考えるのが、妥当だとは、思いますが、犯人が男に、無理矢理トカレフを持たせて、引き金を引いたということも、可能です。もし、それならば、これは、殺人ということになって来ます」

と、松下は、答えた。

「男の左腕上膊部に、四ツ葉のクローバーの刺青があったということだが」

「これが、その刺青です」

と、黒板に貼《は》られた写真を、松下は、指さしてから、

「正確にいいますと、四ツ葉の一枚一枚に、小さく字が、彫ってあったのです。読み易いように、拡大したのが、この写真です」

と、いい、その四文字を声に出して、読んだ。


〈死亡遊戯〉


の四文字である。

「遊びが、ホンモノになったということか」

と、いって、本部長は、笑った。

「この刺青についても、二つの考え方があると思うのです」

と、松下が、いった。

「どういう考えだ？」

「死んだ男が、ひとりで、イキがって、こんな刺青をしていたのか、それとも、グループが存在するのかということです」

「グループ？」

「そうです。人間の死を、遊戯のように考えるグループが、存在しているという考えです。もし、そんなグループが、実在したら、男女の死は、無理心中より、殺人の可能性が高くなってくると、思っています」

と、松下は、きっぱりと、いった。

「どうも、君は、殺人だと思っているようだな」

本部長が見すかしたように、松下に、いった。

「私の勘では、殺人と思っています。ただし、殺人である証拠は、ありません」

「もし、殺人だとすると、当然、同じラウンジカーにいたという二十代の若い女性が、第一容疑者ということになってくるんだろう？　つまり、この女だ」

本部長は、黒板に貼られた似顔絵を、指さした。

「その通りです。今のところ、事件直前のラウンジカーには、死んだ男女の他には、この若い女しかいなかったと、車掌は、証言していますから」

と、松下は、いった。

「しかし、この女性に、中年の男女を殺せるかね？　それも、無理心中に見せかけてだ」

本部長は、首をかしげた。

「その疑問は、私も、持っていますが、殺人だとすると、今のところ、彼女以外に、容疑者は、おりません。もちろん、車掌が、目撃したあと、この若い女が、ラウンジカーを出て行き、代りに、トカレフを持った、屈強な男が入って来て、その男が、列車が青函トンネルに入ったあと、二人を心中に見せかけて殺したということも、考えられなくはないのです。しかし、これは、あくまでも、想像でしかありません」

と、松下は、いった。

4

同じ頃、東京の捜査本部は、重苦しい不安と、強い焦燥に包まれていた。

小野と、二億円が、カシオペアから消えたまま、いまだに見つかっていない。

一方、人質の小野ミユキは、まだ、自宅に帰って来なかった。

犯人からの連絡も、なかった。

小野敬介は、二億円を持ったまま、何処へ消えてしまったのか？

人質のミユキを、犯人は、返すといったが、本当に、その気があるのか？　すでに、殺されてしまっているのではないのか？

今、犯人は、何処で、何をしているのか、不明のままだった。

木村誠という容疑者がいることはいるのだが、行方不明だし、彼が、犯人だという証拠もないのである。

当然、捜査会議も、荒れたものになった。

捜査本部長の三上《みかみ》刑事部長は、青い顔で、

「このまま、小野も二億円も行方がわからず、おまけに、人質の小野ミユキが、殺されてしまったら、われわれの、完全な敗北だぞ」

と、刑事たちの顔を、見廻した。

「犯人は、昨日、明日になったら、人質が、何処にいるか、教えると、いっていますが」

亀井が、いうと、三上は、更に、苦り切った顔になって、

「そんな犯人の言葉が、信用できるのかね」

「今のところ、それ以外に、プラスのものは、何もありませんから」

と、亀井は、いった。

「十津川君」

と、三上は、眼を向けて、

「君は、人質が生きている可能性を、どのくらいだと思っているんだ？」

「わかりませんが、希望としては、百パーセントと思っています。そう信じないと、動けません」

と、十津川は、正直に、いった。

「人質の小野ミユキが、連絡して来ないのは、わかるが、小野は、なぜ、連絡して来ないんだろう？」

「彼も、娘と同じく、現在、犯人に、監禁されているんだと思いますが」

「犯人が欲しいのは、二億円という金の筈だ。なぜ、小野を、監禁するんだ？」

「わかりませんが、推理は出来ます。例えば、誘拐犯人は、金の他に、小野敬介を憎んでいたとすると、二億円を手に入れたあと、小野を苦しめてやれと、思っていたということが、考えられます。他には、逃亡への人質です。その逃亡を警察に邪魔されないために、脅しの道具として、人質として、小野父娘を確保しているのかも知れません。第三の考え方としては、犯人が、単独でなく、複数犯だとすると、その中で、意見の食い違いがあり、そのため、人質も返さず、小野も連れ去ってしまったということです」

と、十津川は、いった。

最後に、三上部長は、

「問題のカシオペアで、殺人事件が、起きた。それは、知っているね？」

と、十津川に、きいた。

「もちろん、聞いています」

「どう思うね？　こちらの誘拐事件と、関係があると思うかね？」

と、三上は、きいた。

「あるかも知れませんし、ないかも知れません」

「もし、関係があったとすると、君と亀井刑事が、カシオペアに、続いて乗って行かず、福島で降りてしまったのは、事件解決のチャンスを逸したといわれても仕方がないな」

と、三上は、いった。

捜査会議が、何の解決へのヒントも見つからないままに終ったあとで、亀井は、十津川と、二人だけになると、

「三上部長の言葉には、腹が立ちましたよ。われわれが、福島で、カシオペアから降りた

ことを、大失敗のようにいうなんて、どうかしているんじゃありませんか？　あの時は、とにかく、小野敬介の行方を追うのが最優先だったんですから」

と、本気で、怒っていた。

十津川は、小さく首を横に振った。

「部長の言葉は、正しいよ。もし、二つの事件に関係があったら、私たちが、福島で降りてしまったのは、確かに、事件解決のチャンスを、自分から、放棄したことになるんだ」

「しかし、あのあとで、カシオペアで、二人も死ぬような事件が起きるなんて、誰も、考えませんよ」

と、亀井は、ぶぜんとした顔で、いった。

「それは、その通りさ。だから、今、私が、一番知りたいのは、カシオペアで起きた男女の死亡事件が、こちらが追っている誘拐事件と、果して、関係があるかどうかということなんだよ」

と、十津川は、いった。

「その点は、同感ですが、では、どうしますか？」

「まず、道警に電話して、事件の詳細を、知らせて貰《もら》う」

と、十津川は、いった。

「そうすると、向うも、こちらの事件の詳細を聞いてきますよ。部長は、誘拐事件について、他府県の警察に何も知らせていないんでしょう？」

亀井が、きく。

「それは、うちの事件だから、話してないだろうね」

「それを、道警に、話すことに、部長が、同意しますかね？」

「同意して貰わなければならないんだよ」

と、十津川は、いった。

部長室を訪ね、十津川は、道警への連絡を、要請した。

「二つの事件が、関連があるかどうか、わかりません。しかし、部長もいわれました。もし、関係があるとすれば、向うの事件について、詳細を知らないと、解決におくれを取ることになります。それで、私としては、何としても、カシオペア内で起きた殺人事件について、詳しい情報を、知りたいんです」

「しかし、向うも、ただでは、教えないだろう。当然、郡山駅でのことは、知っているだろうから、こちらが、捜査している事件の詳細を教えろと、いってくる」

「それは当然だと思います」

　と、十津川は、肯いた。三上は、眉を寄せて、

「誘拐事件については、内密で、向うの事件についてだけ、詳細に、教えてくれということは、出来ないかね？」

「出来るかも知れませんが、当然、あとになってから問題になりますよ」

　と、十津川は、いった。

「そうだろうな」

「われわれの目的は、一刻も早く事件を解決して、犯人を逮捕し、人質を解放することにあります。誘拐事件について、道警に話しても、構わないんじゃありませんか」

　と、十津川は、いった。

「確かに、それは、正論だがねえ」

　と、三上は、煮《に》え切らない態度で、

「道警から、誘拐事件が洩《も》れる心配がある」

「それを心配していたら、捜査協力は、出来ませんよ」

「それに、道警が、こちらの誘拐事件に、介入してきて、ひょっとすると、こちらの事件

まで、解決してしまうかも知れん。そうなったら、警視庁の面目は、丸つぶれになる」

と、三上は、いう。

十津川は、笑って、

「そんなことまで、心配していたら、捜査協力は、出来ませんよ。まだ、二つの事件が結びついているという証拠はありませんし、もう少し、警視庁捜査一課の力を、信用して下さい」

と、いった。

「わかった」

と、やっと、三上は、肯いて、

「私から、道警本部長に連絡しておくから、詳細については、君と、向うの担当者と話し合ってくれ」

と、いった。

5

深夜になって、十津川は、道警の松下警部に、電話で、連絡を取った。

三上部長が、心配しているようなことは、道警だって、考えているだろうと、思った。合同捜査になると、半分ずつの手柄ということにはならないことが多い。片方が、犯人を逮捕して、一方は、その補助的な位置になってしまう。

誰だって、そうなりたくはない。だから、ぎくしゃくしてしまう。

しかし、今回に限って、駆引きは、許されないと、十津川は、思っていた。何しろ、こちらは、誘拐事件で、小野父娘の命が、かかっているのだから。

だから、十津川は、松下警部の思惑には構わず、こちらの手の内を、全て、さらけ出すことにした。

「あとで、ＦＡＸで送りますが、東京で、誘拐事件が起きたのです」

と、十津川は、いった。

誘拐事件の詳細を説明してから、

「犯人は、身代金の受け渡しに、十月二十一日上野発のカシオペアを利用したわけです。犯人は、父親の小野敬介に、身代金の二億円を持たせて、カシオペアの2号車3号室に、乗せました。われわれは、犯人に先手を取られ、あわてて、東北新幹線で、追いかけました。一七時一〇分上野発のやまびこ51号です。郡山で、追いつける筈でした」

「それで、郡山だったんですか？」

「そうです。われわれは、郡山で降り、カシオペアを待ちましたが、到着したカシオペアに、小野敬介は、乗っておらず、身代金の二億円も消えていました。つまり、犯人は、われわれが、やまびこ51号で追いかけてくることを、十分、計算していて、郡山の手前、宇都宮で、小野を、二億円と一緒に、強引に、降ろしてしまったんです。犯人、或いは、共犯者が、カシオペアに乗っていたわけです」

「犯人は、小野を、宇都宮で降ろしたわけですか？」

と、松下が、きく。

「いや、宇都宮で、小野敬介が降りたという証拠はありません。われわれは、彼を、在来線に乗せて、多分、東京に戻したと見ています。それで、われわれは、福島駅で、カシオペアを降り、帰京しました」

「それで、人質は、解放されたんですか？」

「いや、人質の娘も、帰って来ないし、父親の小野も、二億円と一緒に、消えてしまったままです。途方に暮れていたのが実情です」

「警視庁の警部さんが、ひどく、弱気ですね」

と、松下は、いった。

「正直なところです。小野父娘が、犯人の手に落ちている以上、われわれに、打つ手は、見つからないのです。そんな時、同じカシオペアの車内で、殺人事件が、起きたことを知りました。その話を聞いた時、第一に考えたのは、われわれが、捜査している誘拐事件と、関係があるかどうかということでした」

十津川が、いうと、松下は、あっさりと、

「わかります」

と、いった。

「わかって貰えますか？」

「正直にいうと、私も、カシオペアのラウンジカーで、中年の男女の死体を見た時、郡山の事件を思い浮べました」

と、松下は、いった。

「その時は、まだ、誘拐事件とは、知らなかったわけでしょう？」

「そうです。その時点で、わかっていたのは、カシオペアの乗客が、一人、消えたということだけでした。ただ、警視庁の刑事が、わざわざ、郡山までやって来て、その事件を調べていたということも、知っていました。私は、こう考えたんです。列車の乗客が、一人、失踪したくらいのことで、わざわざ、警視庁の刑事が、やってくるだろうか？　何かあると思ったんですよ。その同じカシオペアで、今度は乗客が、二人殺された。関係があるかも知れないと考えるのが、当然でしょう」

と、松下は、いった。

「了解しました」

「誘拐事件と聞けば、なおさらだと、思います」

「それなら、私の気持も、わかって貰えますね」

と、十津川は、いった。

「わかりますよ。カシオペアで起きた殺人事件について、今までにわかっていることを、お教えしましょう。あとで、ＦＡＸも、送ります。殺しには、中国製のトカレフが、使われました。女は胸に一発、男は、一発で、頭部を粉砕されて、死にました。しかし、今のところ、殺人なのか、無理心中なのか、判断がつかないのです。それに、何処の誰ともわかりません」

と、松下は、いった。

「身元不明ということですか？」

「それも、奇妙なことの一つでしてね。所持品は、いろいろとあるのに、身元は、わかりません」

「容疑者は？」

「同じラウンジカーにいた二十代の若い女性ですが、われわれが長万部で、乗り込んだ時は、すでに、降りてしまっていました。多分、手前の函館で」

と、松下は、いった。

「その女性が、唯一の容疑者ですか？」

「今のところ、他に容疑者は、いませんが、二十代の女性に果して、二人の男女を、それも、心中に見せかけて殺せるかどうか、私は、疑問に思っています」

「そうでしょうね。私は、今、電話でお聞きしただけですが、一番気になるのは、死んだ中年の男女が、身元不明ということですね。中年というと、何歳くらいですか？」

と、十津川は、きいた。

「男は、四十代、女は、三十代です」

「それなら、二人とも、いろいろと、生活の歴史があると思いますね。それが、身元不明というのが、不思議ですね。そんなに、特徴のない男女ですか？」

「いや、男の方は、左腕に、刺青をしていますし、女は、一見したところ、水商売風です。一応、念のために、指紋を採って、警察庁に送りましたが、前科者カードにはないということでした」

「男の方の人相を教えてくれませんか」

と、十津川が、いったのは、ひょっとして、小野敬介ではないかと思ったからだが、松下の説明を聞くと、別人と、わかった。当然だった。宇都宮で、カシオペアをおりた小野が、また、乗り込むということは、考えにくいのだ。

男の左腕の刺青は、四ツ葉のクローバーに、「死亡遊戯」の四文字が入っているという。

小野が、そんな刺青をしているとは、考えにくい。

「男の方は、他にも、特徴があって、ヴィトンのボストンバッグに、アメリカ製の手錠とか、ガムテープとか、スタンガンを入れていたんです。それに、新札の百万円の束です」

と、松下は、いった。

「SM趣味というか、誘拐の小道具というかですね」

十津川が、いうと、松下は、

「私は、今まで、SM趣味と思っていましたが、そちらの誘拐事件のことを聞いてからは、誘拐の小道具の感じに見えて来ました」

「ええ。わかります」

「正直にいって、私も、捜査が、止まってしまった感じなんです。男女の身元が割れれば、捜査は、進展すると、期待しているんですが」

と、松下は、いった。

「使用された拳銃、トカレフの調べは、今、どうなっているんですか？」

と、十津川は、きいた。

「今、この拳銃の犯歴を調べて貰っています。それがわかれば、男女のことも、少しわかってくると、期待しているんですが」

と、松下は、いった。

電話が終ったあと、十津川は、改めて、誘拐事件の詳細について、道警の松下警部宛に、ＦＡＸを送った。

向うからも、ＦＡＸが、届けられた。

すでに、深夜になっていたが、十津川は、亀井を呼び、道警のＦＡＸについて、二人で、検討してみた。

死んだ男女の顔のコピーや、男の刺青の図柄なども、ＦＡＸの中にあった。

カシオペアのラウンジカーの見取図もあり、男女が、死んでいた位置と、問題の若い女がいた位置も、記入されていた。

現場の凄惨《せいさん》な写真も、ＦＡＸされてきた。カラーではないが、それでも、ひどい死に方だということは、わかる。

「カメさんの意見を聞かせて欲しいね」

と、十津川は、いった。

「同じ日のカシオペアですからね。宇都宮で、小野敬介が、二億円の身代金と共に消えてしまい、続いて、青函トンネル内で、二人の男女が射殺された。どう見ても、関連ありと、考えますね。いや、考えたいと思いますね」

亀井が、答えた。

「もし、関係があるとしたら、どう関係してくると思うね？」

十津川は、続けて、きく。その疑問は、彼が、自分に問いかけていることでもあった。

問題は、何が、どう関係しているかということなのだ。

亀井は、じっと、考えていたが、急に、

「ちょっと待って下さい。木村誠の顔写真が、何処かにありましたね」

と、十津川に、いった。

「あるよ」

十津川は、机の引出しから、木村誠の写真を取り出して、渡した。

「カシオペアのラウンジカーで殺された中年男は、ひょっとして、木村誠ではないかと思ったんですが」

と、亀井は、いった。

「年齢は合っている。木村も、小野敬介と同じ四十五歳だからね。ただ、顔は、あまり、似ていないな」

十津川は、二つの顔を比べて、いった。

「いや、私は、似ていると思いますよ。木村の方は、穏やかな丸顔で、死んだ男の方は、厳しい表情ですが、これは、木村が、行方不明になっていた歳月のせいではないかと思うのです」

「木村は、五年間、失踪しているということだ」

「その五年間に、木村を取り巻く状況が、一変して、過酷なものになり、人相まで、変えてしまったのではないかと考えるんですが」

と、亀井は、いった。

「しかし、死んだ男の指紋は、前科者カードにはなかったということだよ。もし、この男が、木村だったとしても、何かの事件で、逮捕はされていないことになる」

と、十津川は、いった。

「ただ単に、逮捕されなかっただけかも知れません。木村は、二億円の借金を作って、失踪したんでしょう。とすれば、のんびりした五年間を過ごしたとは、とても思えません」

「確かに、そうだな」

「この二人の指紋が、照合できればいいんですが」

と、亀井は、いった。

「殺された男の指紋は、道警で、採取されているから、木村誠の方の指紋だな。何とか、手に入れてみよう」

「失踪以前の木村誠は、左手の上膊部に、四ツ葉のクローバーの刺青をしていたんでしょうか？」

と、亀井は、きく。

「そういう話は、聞いたことがないな。失踪する前は、いわば、実業家として、エリートコースを歩いていたんだから、腕に刺青なんかしていないと、思うがね」

「と、すると、もし、同一人物だった場合、この刺青も、木村の五年間の歳月が、厳しかったことを、示しているように思えますがね」

と、亀井は、いった。

「奇抜な刺青だから、この方面から、男の身元が、わかってくるかも知れないな」

と、十津川は、いった。

6

木村誠の指紋は、見つからなかった。

どうやら、五年前、小野敬介が、共同経営者の木村が、二億円の借金を作り、会社に迷惑をかけたことに腹を立て、木村のものを、全て、破棄するか、焼き捨ててしまったためらしいのだ。

二人の間に、二億円の借金問題以外に、強い、何らかの葛藤《かっとう》があったのではないか。それが、小野による、木村誠の痕跡《こんせき》消しに繋《つな》がっていたのではないか。

十津川は、そんな風に、考えた。

指紋の照合が、不可能になったことで、十津川は、死んだ男の刺青に、的を絞ることにした。

四ツ葉のクローバーの刺青は、さして、珍しくはない。若い女性でもやるだろう。ただ、その四枚の葉に、「死・亡・遊・戯」の文字が、一つずつ入った刺青というのは、珍しい筈である。

十津川は、有名な刺青研究家に、会って、協力を求めた。

その返事を待つ間、十津川や、亀井たちは、誘拐事件の動きを、注目し続けた。

だが、いぜんとして、小野父娘は、帰って来なかった。

犯人は、「明日になれば、人質である娘の居所を教える」と、いった筈である。その約束を、まだ、守っていない。

再び、人質の小野ミユキは、殺されてしまっているのではないかという不安が、襲いかかって来た。その上、父親の小野も、行方不明のままである。

母親の小野悦子は、心労から、入院してしまった。無理もなかった。娘が、帰って来ないばかりか、夫まで、行方不明になってしまったのだ。

それでも、平気でいろという方が、おかしいだろう。

刺青の方は、少しだけ、進展があった。

十津川が、会って協力を要請した研究家が、電話して来て、

「大阪の彫師から、連絡があったんですよ。自分が、頼まれて、彫った刺青らしいと」

「その彫師の名前を教えて下さい」

と、十津川は、いった。

「十三《じゅうそう》に住んでいる彫玄《ほりげん》という六十歳の人でね。一応、現役を退いているんだが、どうしてもと頼まれると、損得抜きで、引き受けてしまう人なんですよ」

と、いう。

電話番号を教えてくれたが、十津川は、直接、会って話を聞くことにした。

亀井には、東京に残って、誘拐犯からの連絡を待つように指示しておいて、十津川は、新大阪行のひかりに、飛び乗った。

新大阪で降りると、十津川は、タクシーで、十三に向った。

問題の彫師が住んでいるマンションは、FAXで地図を送って貰ったのだが、それが、何とも頼りないものだった。

阪急電鉄の十三駅が、中心になっていて、どちらが、北か南かわからない地図である。

そこで、とにかく、十三駅近くでタクシーを降り、駅前まで、歩いて行った。

Nというパチンコ店が、記入されているが、駅の改札の前には、いくら見廻しても、見つからなかった。

駅員に聞いてみると、反対側の改札口だと、いう。地図には、十三駅には、二つ改札口があることなど、書いてないのだ。

あわてて、反対側に廻ると、Nというパチンコ店が見つかった。

十三という町は、ごちゃごちゃした町だった。大きな風俗店の隣りに、肉屋があったりする。とにかく、頼りない地図に従って歩き廻り、何とか、目標らしいマンションに辿《たど》りついた。

五階建の古いマンションで、最上階の五階に、住んでいるらしい。

エレベーターに乗ると、なぜか、水商売風の若い女と、中年の男が、乗って来た。二人は、三階で、そそくさと、降りて行く。

十津川は、五階まで行き、506号室のインターホンを、鳴らした。

しばらく待たされた。

ドアが開き、眠そうな顔の小柄な男が、十津川を、見上げた。

十津川は、紹介してくれた刺青研究家の名前をいった。

相手は、「ふーん」と、鼻を鳴らしてから、

「まあ、入れや」

と、十津川を、中に招じ入れた。

2DKの部屋である。よくある造りだが、壁に、さまざまな刺青の写真パネルが、かか

っているところが、変っていた。

「三階で、妙な男と女が、降りていきましたよ」

と、十津川が、切り出すと、相手は、ニヤッと笑って、

「三階全部を、ＳＭクラブが、使っていてね。多分、そこの女の子と、客だろう」

そこの女の一人に、仕事のために、どうしても必要だからと頼まれて、太ももに、バラの刺青を彫ってやったことがあるとも、いった。

十津川は、持って来た例の刺青の写真を、見せて、

「これに、見覚えがあるということですが――」

「ああ」

と、彫玄は、肯いて、

「四ツ葉のクローバーなんかは、子供だましで、何の興味もないんだが、字の方に興味があってね。覚えているんだ」

と、いった。

第三章　閉鎖集団

1

十津川は、彫玄に、木村誠の写真を見せた。

「この男が、刺青《いれずみ》を、頼みに来たんですか？」

「いや、違うな」

と、彫玄は、あっさり、首を横にふる。

「よく見て下さい。これは、五年以上前の写真なので、人相が、少し変っているかも知れないんです」

「違うよ」

「どうして、違うといえるんです？」

「おれの所へ来たのは、女だからさ」

と、彫玄は、ニヤッと笑う。

「女――ですか」

十津川は、一瞬、拍子抜けしたが、すぐ、気を入れ直して、

「それは、間違いないんですね？」

「まだ、男と女を取り違えるほど、もうろくはしていないよ」

「どんな女でした？」

「年齢は、三十歳前後かな。いい女だったよ。何よりも、気品があった」

「名前は、わかりませんか？」

十津川がきくと、彫玄は笑って、

「ヤボはいいなさんなよ。刺青をしようという人間、それも女となりゃあ、わけありで、よほどの決心だよ。今の生活を捨てようとしているのかも知れない。そんな女に、名前や住所を聞けるかね」

「でも、どんな女だったかは、教えて下さい」

と、十津川は、いった。

「だから、いい女だといったじゃないか」

「気品があったとも、いわれましたよ」

十津川が、いうと、彫玄は、「そうなんだよ」と、肯《うなず》いて、

「刺青をしたいという女は、たいてい、水商売の女か、ヤクザ関係なんだが、あの女は、そのどちらの匂いもなかったなあ。いいとこの若奥さんみたいな感じだった。だから、本当に、刺青を入れたいのかと、念を押したんだ」

「それでも、刺青をしたいと？」

「ああ」

「ひとりで、来たんですか？」

「そうだ。あんたと同じで、図柄を持って来て、これと同じものを、腕に彫ってくれといった。自分で、考えた絵とは、思えなかったな。誰かが、同じものを彫っていて、それと同じに彫って欲しいみたいな口ぶりだったよ」

と、彫玄は、いう。

「男と同じものをという感じでしたか？」

「まあ、そんな感じだった。ただ、あの文字がさ」

「死亡遊戯――」

「ああ、それだ。男と女が、何かを約束して彫るような文字じゃないぜ。あんただってそう思うだろう？」

と、彫玄は、逆に、十津川に、質問してきた。

「そういえば、そうですね。愛を誓い合うという感じじゃありませんね」

「そうだろう。それが、変な感じだったんだよ」

「どんな感じの言葉だと思いますか？」

「それは、刑事さんの方が、わかるんじゃないか」

と、彫玄は、いう。

「そうですねえ」

と、十津川は、考えてから、

「何かの集団の誓いみたいな感じは、しますかね」

「集団か。かも知れないなあ。おれも、そんな感じがしてきたよ。お互いに、死を誓い合った仲間同志って感じだな」

「その女の似顔絵を描いて貰《もら》えませんか」

と、十津川は、頼んだ。

「気が進まねえなあ。女を、警察に売るみたいでさ」

「その気持は、わかりますが、これには、殺人事件が、絡《から》んでくるんです。或いは、誘拐事件が、絡んでいる可能性もあるんです。誘拐されたのは、女子大生です」

「――――」

「お願いします」

と、十津川は、頭を下げた。

「わかった。描いてやる」

彫玄は、和紙の上に、筆で、さらさらと、描いて、十津川に、渡した。

「それが、問題の女だよ」

「美人ですね」

「美人だと、いったろう」

「身長なんかも、覚えていたら、教えて下さい」

「身長一六二、三センチかな。痩《や》せぎすで、色の白い、いい女さ」

「どんな服装でした?」

「おれは、着物なら、よくわかるんだが、その女は洋服でね。黒っぽい服だったとしか、わからないんだ」

「他に、彼女のことで、何かわかっていることは、ありませんか?」

「あまり、喋《しゃべ》らない女だったからねえ。ああ、関西の女じゃないな。訛《なま》りがなかった」

「東京の女ということですか?」

「多分な」

「東京の女が、なぜ、わざわざ、この十三《じゅうそう》へ来て、刺青をしたんでしょう?」

「東京でやると、自分のことが、わかってしまうからじゃないのかねえ」

「同じ刺青をした男が、殺されているんですが、何か、心当りは、ありませんか?」

と、十津川は、きいた。

「無いね。今、いったように、この図柄を彫ったのは、今、いった女だけなんだから」

と、彫玄は、いった。

2

十津川は、マンションを出て、近くの喫茶店で、コーヒーを飲んだ。

彫玄が、描いてくれた女の似顔絵を、ゆっくりと、見る。

カシオペアの車内で死んだ男は、まだ、木村誠かどうかは、わからない。

だが、この似顔絵の女と、死んだ男とは、奇妙な刺青という共通点がある。

二人が、知り合いだった可能性は、強いと見ていいだろう。

だが、二人が、愛し合っていて、その愛を確認するために、同じ刺青をしたとは、考えにくかった。

彫玄が、愛の印の刺青とは、思えないと、いっていたし、男は、別の三十代の女と一緒に、死んだのだから。

わざわざ、同じ刺青を楽しむというのも、変である。

と、なると、何かの集団の人間たちが、お互いの団結を確認するために、同じ、刺青を、腕に入れたとみるのが、当っているのではないだろうか。

だから、二人の他にも、同じ刺青をした人間がいると、考えざるを得なくなってくる。その人間たちが、今回の誘拐事件に、絡んでいるのだろうか？

（そうだとすると、厄介だな）

と、十津川は、思った。

携帯電話で、東京にいる亀井に、連絡を取った。

「まだ、人質の小野ミユキも、父親の小野も、家に帰っていません」

と、亀井が、いう。

やっぱりだと思う。

相手が、一人なら、人質が帰される可能性があったのだ。

だが、集団となると、その可能性は、少なくなってくると、十津川は思った。

集団の方が、どうしても凶暴になり、強硬な意見の方が、支配的になるからである。

身代金が、手に入ったんだから、人質は、解放してやろうという意見より、殺してしまえという声の方が、支持される。

「それで、三上部長は、公開捜査に踏み切ろうと、いっています」

と、亀井が、いう。

「それで、小野父娘は、見つかるのかね？」

十津川が、きいた。

「わかりませんが、三上部長は、今日一杯待って、明日になったら、公開捜査だと、いっています」

「とにかく、今から、東京に帰って、三上部長と、話し合うよ」

と、十津川は、いった。

「そちらは、何か、収穫がありましたか？」

「ああ。三十歳前後の女が、こちらで、同じ刺青をしていることが、わかったよ」

「女ですか？」

「そうだ。これは、彫玄と意見が、一致したんだが、どうやら、集団で、同じ刺青をしているらしい。人数は、わからないが、集団の誓いの印だと思っている」

「その集団が、今回の誘拐事件を起こしたということですか？」

「多分ね」

「しかし、その一人は、カシオペアの車内で、死んでいますよ。射殺です。もし、射殺されたんだとすると、その集団が、仲間割れを起こしたということでしょうか？」

「かも知れないが、断定は危険だ。とにかく、これから帰る」

と、十津川は、いった。

コーヒー一杯だけで、店を出ると、タクシーで、新大阪駅へ向った。

新大阪発のひかりに乗る。

東京に着き、その足で、捜査本部に戻ると、亀井がいったように、殺気だっていた。

その急先鋒《きゅうせんぽう》は、三上本部長だった。十津川の顔を見ると、

「明日になったら、公開捜査に踏み切るぞ」

と、宣告するように、いった。

「犯人から、その後、何の連絡もありませんか？」

「全くない。犯人は、約束を破ったんだ。身代金を渡せば、人質は帰すといったのに、いまだに、人質は帰って来ない。それだけじゃない。父親まで、誘拐した。公開捜査に踏み切るより仕方がないだろう」

と、三上は、いう。

「しかし、公開捜査にすると、人質は、帰って来ませんよ」

と、十津川は、いった。

「もともと、犯人は、人質を帰す気は、なかったんだよ。総監も、そう見ておられる。ここまで来たら、公開捜査にして、犯人を逮捕し、二億円の身代金を、奪い返す」

「私は、犯人が、仲間割れして、意見がまとまらないんだと、思っています。人質を帰そうという考えの人間と、帰さずに口を封じてしまえという考えの人間とにです」

と、十津川は、いった。

「なぜ、そんなことが、わかるのかね？」

「大阪で、彫玄という男に会って話を聞いたところでは、同じ刺青をした集団がいて、その人間たちが、今度の誘拐事件を起こしたと、思われるのです」

「集団？」

「そうです」

「証拠は、あるのか？　今度の誘拐を、集団が、起こしたという証拠だよ」

三上部長は、睨《にら》むように、十津川を見た。

「同じ刺青をしたグループがいるという証拠はあります。しかし、そのグループが、今回の誘拐事件を起こしたという証拠は、ありません」

と、十津川は、正直に、いった。

「それじゃあ、話にならん。とにかく、このまま、犯人からの連絡がなければ、夜明けと共に、公開捜査に踏み切る」

三上は、声を大きくして、いった。

十津川としても、これ以上、反対は、出来なかった。

三上部長が、公開捜査に踏み切るという気持も、よくわかるからである。

夜が明けてきた。

3

三上部長は、新聞記者やテレビのカメラを集めて、今後、公開捜査に踏み切ることにすると、発表した。

一斉に、まず、テレビが、事件を報道した。

続いて、各紙の夕刊が、人質の名前と、父親が、行方不明になっていることを、書いた。

「宣戦布告ですね」

と、亀井が、さすがに、青白い顔で、十津川を見た。

「問題は、これが、吉と出るか、凶と出るかだ」

と、十津川は、いった。

彼の顔も、青白くなっていた。

少くとも、犯人たちを、心理的に追いつめることだけは、間違いない。

「犯人たちが、手をあげて、人質と、父親を帰してくるとは、思えませんね」

と、亀井が、悲観的な見方をした。

「そうだな」

と、十津川も、肯く。

人質の小野ミユキが、もし、生きていれば、犯人たちは、殺してしまうだろう。

昼を過ぎて、一つのニュースが、飛び込んできて、十津川を驚かせた。

大阪の十三で、彫玄が殺されたというニュースである。

十津川は、詳細を知りたくて、大阪府警に、電話をした。

その電話は、十三警察署に廻され、この事件を担当する杉本という警部が、出てくれた。

「彫玄こと、本名、菊村竜次《きくむらりゅうじ》は、昨夜十一時過ぎに、十三駅近くの飲み屋から、酔って出て来たところを、射殺されました」

と、杉本は、いった。

「射殺されたんですか？」

「そうです。銃声を聞いた者がいないので、犯人は、サイレンサーつきの拳銃を使ったと、思われます」

と、杉本警部は、いう。

「犯人は、どんな人間ですか？」

と、十津川は、きいた。

「そのことですが、目下、彫玄の人間関係を調べています。考えられるのは、ヤクザということですが」

「なぜ、ヤクザが？」

「彫玄は、前から、ヤクザに、刺青を入れたりしていたんです。その刺青のことで、ヤクザともめていたのか、それとも、他の理由で、ヤクザに狙われたのかですが」

と、杉本は、いう。

「他に、射たれる理由は、考えられますか？」

「女性関係ですかね。今でも、彼は、女にもてていたそうで、女性がらみの犯行の線も、十分に、考えられます」

「調べて貰いたいことがあるんですが」

「いって下さい」

「最近、彼は、奇妙な刺青を、三十歳前後の美人にしているんです。今から、その図柄を、FAXで送りますから、彼が殺されたことと、関係があるかどうか、調べて欲しいんですよ」

十津川は、FAXで、十三警察署に、図柄を送った。

今度は、杉本警部の方から、電話がかかった。

「十津川さんは、どうして、この刺青と、彫玄の死が、関係していると、思われるんですか？」

「実は、昨日、私が、彫玄に会って、この刺青のことを、いろいろと、聞いているんです。その直後の死ですからね。それに、東京の誘拐事件を、公開捜査に踏み切っていますが、この事件に、この刺青が関係しているらしいのです」

と、十津川は、いった。

「早速、調べてみます」

と、杉本は、約束してくれた。

電話を切ったあと、十津川は、亀井に、向って、

「どうも、私の責任のような気がして仕方がないんだ」

と、溜息《ためいき》まじりに、いった。

「彫玄が、殺されたことがですか？」

「そうだよ。私が、会いに行かなければ、彼は、殺されずにいたんじゃないかと思ってね」

「それは、違うと思いますよ。第一、彼は、あの図柄を入れた女について、名前も住所も、知らないと、いったんでしょう。それなら、狙われる理由がありませんよ」

と、亀井が、いう。

「いや、私の考えは、少し違うんだ」

と、十津川は、いった。

「どう違うんですか？」

「確かに、彫玄は、女の名前も、住所も知らないといった。事実、知らないと、思ったよ」

「それならば――」

「もう一つ、こうもいったんだ。その女は、ひとりで、やって来た。他に、同じ図柄の刺青をした客はいないともいった」

「それが、違うんですか？」

「そうなんだ。彫玄が、他にも、同じ刺青をした人間がいたんじゃないか」

「カシオペアのラウンジカーで、死んだ男のことですか？」

と、亀井が、きく。

「いや、彼は、すでに、亡くなっているんだから、彫玄は、殺せないよ。だから、彼や、女の他にだよ」

と、十津川は、いった。

その人間は、女と一緒に、彫玄のところに、刺青を頼みに来たのかも知れないし、もっと前に、同じ刺青をしたのかも知れない。

とにかく、彫玄は、二人の他の誰かに、あの刺青を入れているのだ。

「そのことに、気がついて、彫玄に、密着しているべきだったんだよ。私のミスだ」

と、十津川は、いった。

「しかし、彫玄は、女についてだけ、警部に喋って、もう一人の人間のことは、喋らなかったんでしょうか？　他に、この刺青をした人間はいないと、嘘《うそ》をついたんでしょうか？」

亀井が、きく。

「それを、今、考えているんだ。そいつは、多分、男だと思っている。その男は、きっと、彫玄が、よく知っている男なんだよ。だから、刑事の私には、教えなかったんだ。それに、気付くべきだったんだよ」

十津川は、自分を責めるように、いった。

「もし、警部のいわれる通り、彫玄と親しい男だとしたら、大阪府警の調べで、浮んでくるかも知れませんね」

と、亀井が、いった。

「そうあって欲しいと、願っているんだがね」

と、十津川も、いった。

4

テレビと、新聞は、一斉に、誘拐事件について、報道している。

誘拐された小野ミユキと、失踪《しっそう》した父親の写真が、ばん、ばん、テレビ画面に出た。

それに、夜行列車「カシオペア」の写真。

母親の談話も、テレビから、流れてくる。

その一方、大阪府警の杉本警部からの報告も、十津川に届いてきた。

「彫玄の部屋を調べましたが、例の図柄の刺青についての記録は、見つかりませんでした。

それで、現在、彼の周辺を調べています。同業者、女性関係などをです」

と、杉本は、いった。

「彼を射殺した人間のことは、何かわかりましたか？」

「それが、何といっても、夜の十二時近くでしたので、目撃者が出る可能性は、小さいと、思っています。もちろん、諦《あきら》めてはおりませんが」

と、杉本は、いった。

更に、数時間たってから、二回目の連絡があった。

「彫玄が、飲んでいた店ですが、菊水という店で、しばしば、飲みに行っていたようです。そこのママは、弘子という名前で、彫玄とは、十年来の、つき合いだということで、彼女から、話を聞いてきました」

と、杉本は、いう。

「それで、何かわかりましたか？」

と、十津川が、きく。

「彫玄は、アルコールに強くて、いつもは、泥酔することはなかったそうですが、当日は、珍しく、酔っ払っていたといいます」

「何か、鬱屈《うっくつ》したものが、あったということですかね？」

「これは、ママの弘子の話なんですが、酔っ払って、あいつのことが、心配だと、何度も、呟《つぶや》いていたといいます」

「あいつ――ですか？」

「そうです。ママは、どうも、男のことを、いっているようだと、いっています」

「その男に、射殺されたんでしょうか？」

「かも知れません。これも、ママの話で、問題の男ですが、彫玄の恩人の息子ではないかと、いうのです」

「恩人の息子――？」

「彫玄は、それらしいことを、口にしたことが、あるらしいのです」

「その店に、彫玄と一緒に来たことがあるんですか？」

と、十津川は、きいた。

「それも、聞きましたが、彫玄は、よく、いろんな人間を、店に連れてくるそうで、その中に、いたのかどうか、わからないといっています」

と、杉本は、いう。

どうも、まだるっこしいと、十津川は、いらだった。間接的な話になっているからだろう。

「私を、そのママに会わせてくれませんか。これから、大阪へ行きます」

と、我慢しきれなくなって、十津川は、いった。

今度は、亀井が、同行した。

夕方、新大阪駅に着くと、杉本警部が待っていて、すぐ、十三駅傍の菊水という店へ、案内してくれた。

小さな店である。

四十五、六歳のママの他に、ホステスが三人、それに、バーテンだけの店である。

「彫玄さんが、よく来ていたと、聞いたんですが」

と、十津川は、弘子というママに、いった。

ママは、黙って、背後《うしろ》の棚に置かれたウイスキーのびんを指さした。

「彫」と、書かれている。

「それは、彼が、リザーブしていた酒ですね」

「もう、何本になるか、数えられませんね。昔から、同じウイスキーなんですよ」

と、ママは、眼をしばたたいた。

「殺された日は、珍しく、泥酔したそうですね？」

「ええ。だから、もう少し、休んでいきなさいと、いったんだけど、帰るといって、出て行ってしまったんですよ」

「その彫玄さんですが、恩人の息子のことを、心配していたそうですが、間違いありませんか？」

と、十津川は、きいた。

「それは、前々からですけどね。あの日は、特に、心配だ心配だと、いっていましたよ」

と、ママは、いう。

「その恩人が、何処の誰かわかりませんか？」

亀井が、きいた。

「それが、わからないんですよ。ただ、彫玄さんは、徳《とく》さんと、いってましたけどね」

「徳さん？」

「ええ」

「同業者かな？」

「違うみたいでしたよ」

と、ママが、いった。

「徳さんのことで、わかっていることは、どんなことでも、話してくれませんか」

と、十津川が、いった。

「そうですねえ」

ママが、考え込む。十津川は、煙草に火をつけて、彼女が、思い出してくれるのを待った。

「そうだ」

と、ママは、ひとりで、肯いてから、

「いつだったか、徳さんを連れて来なさいよと、いったことが、あるんですよ。そしたら、悲しそうな顔になって、それが出来ないんだって」

「それは、もう亡くなったということですか？」

「そうだと、思いますよ。だから、徳さんの息子さんのことを、なおさら、心配していたんじゃないかしら」

と、ママが、いう。

「その息子さんのことを、何とか、知りたいと、思っているんですがねえ。この十三に住んでいるんでしょうか？」

十津川が、粘っこく、きいた。

「そうじゃないみたいですよ」

「どうして、わかります？」

「簡単に、会えないようなことを、いってたから」

「じゃあ、どうやって、連絡してたんだろう？　電話ですかね？」

「そうだと、思いますよ」

「彫玄さんは、その息子の方と、ここに一緒に飲みに来たことがあるんですか？」

十津川が、きくと、ママの弘子は、

「それが、わからないんですよ。あの人は、いろんな人を連れて、飲みに来てましたから
ねえ。その中に、いたのかも知れないんだけど、いちいち、どなたって、聞くわけにもい
かないしねえ」

と、困惑した顔で、いう。

十津川は、勝手に、その男は、彫玄と、この店に来たことがあるのだと考えた。

それなら、この店の近くで、彼を、待ち伏せすることが可能だからである。

「殺された夜のことですがねえ」

と、十津川は、改まった口調になって、弘子を見た。

「誰かに、会うようなことを、いっていませんでしたか？」

「いいえ。そんな約束はなかったみたい。だから泥酔したんだと思いますよ」

「携帯電話は、持ってなかったのかな？」

と、十津川が、呟くと、杉本警部が、

「持っていませんでした。携帯は、嫌いだったようです」

「電話のことですけどねえ」

と、弘子が、口を挟んで、

「考えてみたら、あの夜、あの人は、しきりに、うちの電話に眼をやってたみたい」

「あの電話ですか？」

十津川は、カウンターの上の電話機に眼をやった。

「ええ。あの電話」

「電話番号は、知っていたんですね？」

亀井が、きくと、弘子は、笑って、

「よく、うちの電話を、事務所みたいに使っていましたもの」

「なるほどね」

少しずつ、事態が呑み込めてきたと、十津川は、思った。

彫玄は、事件当夜、ここで、誰からかの連絡を待っていたに違いない。

犯人かも知れない。

犯人なら、彫玄が、その夜、ここで飲んでいることを知っていたことになる。

犯人は、電話連絡はせず、店の外で、じっと、彫玄が、出てくるのを待ち伏せしていたのだ。

その犯人は、彫玄のいう「恩人の息子」かも知れない。

更にいえば、その犯人の腕には、あの刺青が、彫られていたのではないのか。

十津川の想像は、更に、進んでいく。

彫玄は、恩人（徳さん）の息子の腕にも、あの刺青を入れていた。

警視庁の十津川が、訪ねて行って、その刺青のことを聞いた。当然、殺人事件に関係していると、考える。

そこで、彫玄は、恩人の息子のことは、話さず、女のことだけを、十津川に、話した。女のことを話したのは、多分、全てを否定したら、かえって、疑われると、思ったのだろう。

十津川が、帰ったあと、彫玄は、恩人の息子に連絡を取った。もちろん、心配だったからだ。

とにかく、会って、話したいから、連絡してくれと伝え、事件当夜は、この店で、相手からの電話を待ったのではないか。

警視庁の刑事が来たことも、伝えたのかも知れない。もし、殺しでもやっているのなら、自首しろぐらい、いったのではないか。

だから、殺された――。

5

店を出たところで、十津川は、杉本に向って、

「お願いしたいことがあるんですが」

「何です?」

「あの店のママに、警官を、ガードにつけておいて欲しいのです」

「彼女も、狙われると、思うんですか?」

「そうです」

「しかし、彼女は、犯人に心当りはないといっているし、恩人の息子についても、名前も、顔も知らないといっていますが」

と、杉本は、いう。

「それは、ママが、そう思っているだけでしょう。犯人は、多分、彫玄と、あの店に飲みに来たことがあるんですよ。だから、ママは、覚えていなくても、犯人の方は、彼女に、顔を覚えられていると思うのではないでしょうか」

「わかりました。すぐ、手配します」

杉本は、携帯で、連絡をとった。二人の警官の乗ったパトカーが、やって来た。

その二人に、ママのガードを頼んでから、十津川たちは、十三警察署に向った。

そこで、捜査本部長にあいさつしたあと、杉本には、

「明日一日、ここにいて、彫玄について、調べてみるつもりです」

と、いった。

「協力します。われわれの事件でもありますから」

と、杉本は、いった。

十津川と亀井は、杉本が紹介してくれたホテルに、チェック・インした。

部屋に入ってから、東京に電話して、その後の様子を、西本に、きいた。

「進展は、全く見られません」

と、西本は、いう。

「全くか？」

「そうです。JR東日本と、北海道が、協力してくれているんですが、今のところ、犯人と思われる男の目撃者も、その男が、カシオペアを宇都宮で、小野と降りたあと、どう動いたかも、わからないのです」

「ラウンジカーの方は、どうなんだ？」

と、十津川は、きいた。

「四十代の男が、果して、木村誠かどうかですが、いぜんとして木村の指紋が見つかっていません」

「見つからない時は、見つからないものだな」

「それで、今、木村の治療カルテを探しています。その記述と、死んだ男の身体的特徴が、一致していれば、木村誠だと、確認できるんですが、まだ、カルテが見つかっていません」

と、西本は、いう。

「女の方は、どうだ？」

「二人が、上野から、カシオペアに乗ったので、女は、東京で働いていた、水商売の女と考え、写真と、似顔絵を作って、その筋の関係者に見て貰っています。しかし、これも、まだ、成果が、出ていません」

「なるほど。全く、進展なしだな」

「そうなんです。捜査本部の空気も、重苦しくなっています。人質の小野ミユキは、すでに、殺されているだろうという空気が支配的で、この上、父親の小野敬介が、殺され、二億円の身代金も取り戻せないとなったら、警察は、マスコミに、めちゃくちゃに叩かれるだろうと、三上部長は、心配しています」

「そうだな」

と、だけ、十津川は、短かく、いった。

西本のいう危険は、十分にあると、思うからである。

人質の小野ミユキは、大学生である。幼児なら、犯人が、解放する可能性があるが、成人では、その可能性が、低いのだ。

また、父親の小野敬介と二億円の身代金についても、同じことが、いえる。

犯人は、小野を、二億円ごと、カシオペアから降ろし、何処かへ連れ去った。

当然、小野は、犯人の顔を見ていると考えられる。となれば、犯人は、簡単には、小野を解放したりはしないだろう。

犯人が、小野の知り合いだったら、尚更である。

西本への電話をすませると、十津川は、部屋に、ルームサービスで、コーヒーを運んで貰って、亀井と、飲むことにした。

今日はすぐには、眠れそうもないと思ったからである。

「捜査本部は、大変だよ」

と、十津川は、亀井に、いった。

「そうでしょうね。誘拐事件で、人質が死ねば、警察が、非難されますから」

亀井が、ぶぜんとした顔で、いう。

「今回は、おまけに、その父親まで、危い」

「そこが、よくわからないのです」

と、亀井が、いった。

「父親が、危いということがか？」

「普通、誘拐事件では、犯人も、大きなリスクを、負います」

「その通りだ」

「人質だって、身代金を手にしたあとは、厄介なお荷物です。口を封じなければなりませんからね。殺しが楽しい変質者は別にして、犯人は、人質が、少ければ少いほど、楽なわけです。それなのに、なぜ、犯人は、娘の父親まで、誘拐したのか、そこが、わからないのです」

と、亀井は、いった。

「それは、私も、疑問に思っていたんだ。その答は、二つ考えられるよ。一つは、二億円の身代金を奪うために、父親の小野敬介まで、一緒に誘拐しなければならなかったのではないかということ。もう一つは、今回の誘拐が、身代金目的ではなく、小野敬介に対する恨みを晴らすことが、目的だったのではないかということだ」

「犯人が、木村誠だとすると、後者の可能性がありますね」

と、亀井は、いう。

「だとすると、小野父娘は、二人とも、殺される可能性が強いな」

「そのことと、あの妙な刺青とは、どんな関係があると、思われますか？」

と、亀井が、きいた。

「少くとも、三人の男女が、同じ刺青をしていることは、わかっている。カシオペアのラウンジカーで死んでいた四十代の男、それに、彫玄が、同じ刺青を入れたと思われる男女だ。それに、彫玄は、死を誓い合った仲間同志という言葉を使った。ということは、他にも、同じ刺青をした人間がいるんじゃないのか」

「グループがあって、それが、今回の誘拐を計画し、実行したことになりますか？」

「大いに考えられるよ。グループ犯罪だということだ」

と、十津川は、いった。

「と、すると、カシオペアで死んだ男女は、どういうことになるんでしょうか？」

亀井が、きく。

「私は、あれは、心中ではなく、殺人と、考えている」

「同感です。ただ、殺人としたら、どう考えたらいいのか、それが、わからないのです」

「いろいろ、考えられるよ。そうだな。一つのグループが、誘拐を計画し、女子大生を誘拐し、二億円の身代金を、要求した。その二億円を奪う場所として、上野発のカシオペアを選んだ。そのグループの三人が、カシオペアに乗り込んだ。その中の一人は、小野敬介を、二億円ごと、宇都宮で降ろす役目だった。あとの二人は、乗客として、列車に乗り込み、車内に、刑事がいないかどうか、監視する。ラウンジカーで死んだ中年の男も、その一人というわけだ。彼は、警戒されないためにわざと女と一緒に、列車に乗った。犯人の一人は、宇都宮で、二億円ごと、小野を連れ去る。他の共犯は、同じ駅で一緒に降りたのでは、目立って、怪しまれるので、そのまま、終点の札幌まで、乗って行くことにした。死んだ男は、ラウンジカーで、カムフラージュに連れて来た女と、一緒にいたが、ほっとしたためか、もともと、女にだらしがないのか、女にでれでれして、自分たちの秘密を、喋ってしまったのではないか。誘拐のことや、二億円を、手に入れたことなんかをだよ。それで、女もろとも、列車が青函トンネルを通過中に、射殺されてしまった」

「と、すると、その時、ラウンジカーにいた二十代の女が、犯人ということになってきますか？」

「今のストーリィが、正しければの話だよ」

と、十津川は、笑った。

自分でも、自信がなかった。隙《すき》だらけの推理であることは、わかっているのだ。もっと、いくつもの事実がわからなければ、推理に自信は、持てない。

窓の外に、十三のネオンが、浮んで見える。

十津川は、それに眼をやりながら、煙草に火をつけた。

（わからないことが、多すぎる）

と、改めて、思う。

あの刺青をした人間が、正確に、何人いるのか。その人間たちが、グループで、果して、今回の誘拐事件を起こしたのか？

想像は、出来るが、証拠は、何もないのだ。

亀井が、立ち上って、部屋のテレビをつけた。ニュースの時間になっていたからである。

ニュースの、しょっぱなに、誘拐事件が、報道された。

疲れた顔の三上本部長が、記者たちの質問に答えている。

「人質が、無事に帰ってくるという自信は、ありますか？」

と、記者が、質問する。

「われわれとしては、あくまでも、人質が無事だという前提に立って、捜査を、進めています」

三上が、苦しそうに、答える。本当は、そうは思っていないのだ。質問している記者たちだって、まだ、人質が、無事だとは、考えていない筈だ。

「父親の小野敬介さんのことは、どう考えているんですか？　娘さんと一緒に、無事に帰ってくると考えますか？」

「もちろんです」

「しかし、いまだに、父娘とも、帰っていないのは、どういうことでしょうか？」

「われわれとしては、全力で、探しているとしか申し上げられないのです。小野敬介さんと、ミユキさんの顔写真を、市民の皆さんに、よく見て頂いて、もし、何処かで見かけたら、すぐ、警察に、連絡して頂きたいと思っています。そのための公開捜査ですから」

と、三上は、いった。

「今回の事件ですが、初動捜査に誤りがあったとは、思いませんか？　それが、小野さん父娘が、帰って来ない原因とは、思いませんか？」

記者たちが、意地悪く、きく。

「それは、ないと、確信しています」

「犯人像は、浮んでいるんですか？」

「残念ながら、まだ、犯人像を摑《つか》みかねています」

「犯人については、何もわからないということなんですか？」

「そんなことはありません。わかっていることもいくつかあります。明日には、犯人の声を公開するつもりです」

と、三上は、答える。

「小野父娘が、だいたい、どの辺りに監禁されているという見当もついていないのですか？」

「残念ですが、わかっていません」

「同じカシオペアの中で、中年の男女が、死んでいますね。このことと、誘拐事件とは、関係があると考えているんですか？　それとも、無関係と考えているんですか？」

別の記者が、きく。

「関係ある、ないの両面から、捜査しています」

「あれは、射殺されたんでしょうか？　それとも、男の方が、無理心中を図ったということなんでしょうか？」

「それについても、心中と、殺しの両面から捜査しています」

と、三上は、いった。

（まずいな）

と、十津川は、思った。

正直なのはいいのだが、誘拐事件の捜査が、壁にぶつかってしまっている今、あいまいな答え方は、捜査不信を招くだけだと、十津川は、思う。

ここは、ずばりと、断定的に答える方がいいのだ。その方が、人々を安心させることが出来て、類似の犯罪を防ぐことが、出来る。

果して、記者たちの間に、溜息が、洩れて、

「誘拐事件については、警察は、お手あげということになりますね」

と、記者の一人が、いった。

6

翌日、二人は、ホテルで、朝食をすませると、十三警察署に、顔を出した。

杉本警部に会い、

「何かわかりましたか？」

と、きいた。

「彫玄の簡単な履歴書が、出来あがりました。何かの参考になるかと思いましてね」

と、杉本は、いい、その履歴書を、見せてくれた。

それを、十津川と、亀井が、のぞき込んだ。

彫玄は、十三に生れている。

だが、ここで、刺青を覚えたのではなかった。

十代の後半、ぐれて、傷害で、鑑別所におくられている。

その後、追われるように、大阪を離れ、上京していた。

東京でも、荒れた生活を送っていたが、浅草で、銭湯に入ったとき、たまたま見た中年の男の刺青の美しさに魅せられ、当時、浅草で有名だった彫正《ほりまさ》に弟子入りする。

だから、刺青の技術は、東京で覚えたのだ。

その後、しばらく、浅草で、彫師の仕事をしてから、五十歳のとき、生れた大阪の十三に帰って来て、彫師として、働いた。

その頃には、日本で、一、二を争う彫師として、名声を得ていたという。

「この彫正という人は、今でも、健在なんですかね？」

と、亀井が、きいた。

「電話で聞いたところ、七年前に、亡くなっています」

と、杉本は、いった。

「この彫正が、恩人だろうか？」

十津川が、考え込んだ。それを調べてみなければならない。

十津川は、杉本に礼をいってから、亀井と、十三を後にした。

急遽《きゆうきよ》、東京に舞い戻った。

電話連絡しておいた西本が、パトカーで、迎えに来ていた。

「浅草の彫正について、調べておいてくれたか？」

十津川は、パトカーに、乗り込みながら、西本に、きいた。

「だいたいのことは、調べました。亡くなった彫正には四天王といわれた弟子がいまして、その一人が、十三に戻った彫玄だということです。あとの三人は、健在で、一人は、今も、浅草で、仕事をしていて、他の二人は、九州で、仕事をしているそうです」

と、西本が、いう。

「彫正には、息子は、いなかったのか？」

「いません。娘さんが、ひとりいるだけです」

「本当に、息子は、いないのか？」

「おりません」

と、いうことは、彫玄のいう恩人というのは、別にいるのか。

「浅草に、刺青愛好会というのがあって、彫正のことも、よく知っているということなので、そこへ、ご案内します」

と、西本は、いった。

浅草寺近くの料亭で、十津川は、その連中に、会った。

亡くなった彫正の弟子で、四天王の一人といわれた彫昌《ほりしょう》という男もいたし、背中の竜の刺青が自慢だという鳶《とび》職もいた。

昼食をしながらの話になった。

その料亭の主人も、左腕に、きれいなボタンの刺青をしていたが、

「これは、昔、彫玄にやって貰ったものですよ」

と、十津川に、いった。

「彼は、十三で、死にました。殺されたんです」

「それは、聞きましたよ。驚いています」

「その彫玄さんですが、恩人と呼んでいる人がいるんですが、皆さんの中に、知っている人は、いませんか？」

十津川は、そこにいる人たちを、見廻した。

「師匠じゃないのかね？」

と、彫昌が、いった。

「違うんです。その恩人には、息子さんがいる筈なんです」

「そういやあ、師匠には、娘さんしかいないなあ」

「他に、彫玄さんが、お世話になった人について、知りませんかねえ？」

十津川は、もう一度、みんなの顔を見廻した。

みんなは、顔を見合せるようにして、考え込んでいたが、料亭の主人が、

「そういえば、彫玄が、刑務所へ放り込まれたことがあったじゃないか」

と、みんなの顔を見廻した。

「ああ。そうだ」

と、彫昌が、肯いて、

「女のことで、ケンカをして、チンピラを刺したことが、あったなあ」

「それを詳しく話して下さい」

　と、十津川が、いった。

「彼が、まだ、三十歳になったか、ならないかの時でね。仲見世の下駄屋の娘に惚《ほ》れたんだ。ところがあいにく、その娘には、悪いヒモがついていてね」

「それが、チンピラですか？」

「そうなんだ。それで、ケンカになって、彫玄が、そのチンピラを刺したんだよ。一命は、とりとめたものの一カ月の重傷でね。一年ばかり、彫玄は、刑務所に入っていた」

「それが、恩人話と、どう繋がってくるんですか？」

　と、十津川は、きいた。

「出所して来てから、彫玄は、仕事なくてさ。師匠にも、勘当されてしまう。惚れた女も、別の男と、一緒になってしまった。それで、自殺を図ったんだよ」

　と、料亭の主人は、いう。

「だが、助かったんですね？」

「助かった。そのあと、彼を助けた人間がいたんだよ。彼の彫師としての腕を惜しんで、本気で、援助をした人がいた。そのおかげで、彫玄は、立ち直ったんだよ」

「その人を、教えて下さい」

と、十津川は、いった。

「浅草橋にある問屋の主人でね。伊勢長という刃物の問屋だ」

「息子さんは、いますか？」

「いた筈だよ」

と、料亭の主人は、いう。

「いた筈というのは、どういうことですか？」

「五年前だったかなあ。火事で、全焼してしまったんだよ。主人夫婦は焼死してしまい、一人息子は、生き残った。何とか、家業を続けるのかなと思ったら、いなくなってしまったんだ」

「いなくなった？」

「姿を消してしまったんだよ。その後、何処で、何をしているのか、わからない。大阪で見かけたという噂《うわさ》も聞いたが、確かじゃない」

と、いう。

「その息子さんの名前は、わかりますか？」

「戸田克彦《とだかつひこ》だったと思う。今、四十歳丁度じゃなかったかな」

と、相手は、いった。

「その戸田克彦さんの写真は、誰か、お持ちじゃありませんか？」

「おやじさんの写真なら、持っているんだけどねえ」

「私のところに、あったと思う。探してみましょう」

と、いったのは、愛好会の会員の一人で、矢野《やの》という映画館の持主だった。

「ぜひ、探してみて下さい」

十津川は、頭を下げた。

矢野は、食事の途中だというのに、わざわざ、自宅へ帰り、一枚の写真を持って来てくれた。
三十四、五歳の精悍《せいかん》な男の顔が、そこに写っていた。
悪くいえば、何処か、危険な匂いのする顔でもある。

「これを撮ってから、もう数年たっています。だから、かなり、変っているかも知れませんよ」

と、矢野は、いった。

「この写真を撮ったあと、行方不明になってしまったんですね？」

「そうです。直後に、家が焼失して、彼も、失踪してしまったんです。理由は、今でも、わかりません。いろいろ、噂はありましたよ。彼が、泥酔して帰宅して、一階に寝ていて、石油ストーブを、蹴飛《けと》ばしてしまった。二月の寒い日でしたからね。それが、原因で、火災になり、二階に寝ていた両親は、焼死してしまった。それで、自殺を考え、失踪したのではないかという噂もあったんです」

と、矢野は、いう。

「失踪する前、腕に、刺青をしていませんでしたか？　四つ葉のクローバーの中に、字が入った刺青ですが」

十津川が、きくと、矢野も、他の連中も、

「それはなかったですよ」

と、いった。

父親の方は、見事な刺青をしていたが、息子には、刺青はするなと、厳しく、禁止していたのだという。

戸田克彦という男は、身長一八〇センチくらいで、よく、女にもてたという。

「結婚はしてなかったんですか？」

と、亀井が、きいた。

「もてすぎて、なかなか、身が固まらなかったんだよ」

と、彫昌が、笑った。

「どんな性格だったか、教えて下さい」

と、十津川が、連中に、いった。

「気は強かったね」

「正義感は強くて、そのせいで、時々、ケンカしていましたよ」

「二十代の時に一年ぐらい、世界を放浪したと聞いた」

そんな返事が、戻ってきた。

そういう男が、両親の死を機会に、どうしたのか？

もし、大阪十三の彫玄のいう「恩人の息子」が、この戸田克彦だとしたら、失踪していた何年かの間に、彫玄の手で、腕に、あの刺青を入れたのだろう。

そして、他の人間と、今回の誘拐事件を計画し、実行したのか？

（一人、容疑者が、浮んだな）

と、十津川は、戸田克彦の写真に、眼を落した。
まだ、この男が、誘拐事件の犯人だという証拠はない。
だが、この男だと、彼の勘が囁《ささや》いていた。

第四章　新たな事件

1

小野ミユキが誘拐されてから、丸五日が経過した。
更に、彼女の父親が、身代金の二億円ごと、消え失せてからでも、丸四日が経った。
だが、人質は、解放されず、犯人からの連絡もなくなった。
捜査本部の三上本部長は、公開捜査を決意した。
その夜の捜査会議は、当然、重苦しいものになった。
人質、小野ミユキが、すでに、死亡していると、考えられたからである。
十津川も、同じだったが、そのことは、考えないようにしようと、思った。

犯人逮捕に、全力を、あげることにした。

その犯人像について、十津川が、説明した。

「今、犯人の一人と考えられているのが、戸田克彦という男です」

十津川は、彼の写真と、経歴を書いたメモを三上部長に渡した。

「経歴は、そこに書いた通りです。犯人は、何人かのグループで、もう一人は、カシオペアの車内で、死亡した男と思われます。この男と、戸田克彦は、共に、腕に、同じ刺青《いれずみ》をしていると考えられます。その刺青の写真も、お手元に届けました」

「この刺青には、どんな意味があるのかね？」

と、三上が、きいた。

「わかりませんが、同志の誓いみたいなものだと、思っています」

「しかし、その中の一人が、カシオペアの車内で、死んだんだろう。女と一緒にだ」

「そうです。あれは、仲間割れで殺されたんだと思っています」

「それでは、同志の誓いも怪しいものじゃないのかね」

と、三上は、いう。

「ひょっとすると、あれは、仲間の間で、制裁されたのではないかと、思っています」

と、十津川は、いった。

「何のための制裁だ？」

「わかりません。何か、仲間内で、不始末を仕でかして、リーダーが、制裁のチャンスを、狙っていたのかも知れません。だから、容赦なく、射殺したのではないでしょうか」

と、十津川は、いい、

「死んだ男が、われわれの探している木村誠かどうかも、早く知りたいと、思っています」

「確認する方法はないのか？」

「昔の木村の指紋が採取できれば一発なので、今、それを探しています。何しろ、木村が、失踪してから、五年以上たっているので、なかなか、彼の指紋が、見つからないのです」

「犯人グループは、全部で、何人いると、君は思っているんだ？」

三上が、きく。

「写真の戸田克彦と、一緒に、刺青を入れにきた若い女がいたといいます。彼女も、恐らく、仲間の一人だと考えます。それで二人。今回の誘拐事件を考えると、カシオペアで、人質の父親を脅して、二億円と一緒に、列車から降ろさせた人間が一人います。人質の小野ミユキが生きていれば、その間、彼女を、監禁、監視している人間が一人必要です。それから、カシオペア車内で、仲間を女と一緒に射殺した人間が一人。合計、三人はいたことになります」

「射殺された男を入れると、四人か」

と、三上が、呟《つぶや》いた。

「最低四人です」

と、十津川は、いいかえた。

「戸田克彦の写真も、公開しよう」

と、三上は、いった。

「私は、賛成できません」

と、十津川は、いった。

「どうしてだ？」

「もし、まだ、人質が生きていたら、その命を危うくすることになります」

「君は、人質が、まだ、生きていると思っているのかね？　そんな奇蹟を、君は、信じているのか？」

「奇蹟は、信じるものです」

と、十津川は、微笑して見せた。

「戸田克彦の写真と名前を公表しないとしたら、どうする気だ？」

三上が、きく。その声が、いらだっていた。

「カシオペアで射殺された男女のことは、公表して下さい」

「そのことは、すでに、公表してある」

「心中かも知れないという発表でしょう。それを、訂正して、男女は、射殺されたもので、男の方は、誘拐犯一味の一人と考えられると、発表して下さい」

と、十津川は、いった。

「刺青のことは、どうする？」

「それも、仲間の印かも知れないといって下さい」

「それでも、戸田克彦の名前と、写真は、公表しないのか？」

「連中を、動揺させたいが、自棄《やけ》にはさせたくないのです」

「難しいな」

「何しろ、人の命が、かかっていますから」

と、十津川は、いった。

「うまくいくと、思うのかね？」

三上が、険しい表情で、きく。

「私は、犯人たちの身になって、考えてみたのです。もし、連中の一人の実名をあげてしまうと、彼等は、身の危険を感じ、全ての証拠を消して、逃亡を図ると思うのです。もし、人質が生きていれば、殺してしまうでしょう。それで、捜査は進んでいるが、まだ、犯人は、わかっていないと、教えたいのです」

「それで、犯人たちが、どんなリアクションを示すと、君は、考えているんだ？」

三上が、続けてきく。

その顔は、不安気だった。誘拐事件が起きて、人質も、身代金も奪われたままでは、完全な捜査の失敗といわれても仕方がない。

マスコミの批判を浴びるのは、まぬかれないと、思っているのだ。

この際、犯人の一人の名前が突き止められたと発表すれば、少しは、批判をかわすことが、出来るだろう。

それなのに、十津川は、犯人の名前は、公表しないでくれという。その上、捜査の展望が開けないのでは、それこそ、警察の責任が、問われるだろう。

「犯人たちは、ほっとしながらも、不安が、よぎると思うのです。もし、人質が生きていれば、万一の時の取引きに、使おうと考えるかも知れません」

「知れませんだろう?」

「そうです」

「そんな説明で、マスコミが、納得してくれると思うのかね? 第一、総監を納得させられないぞ」

と、三上は、いった。

「総監には犯人の一人の名前がわかっていることを、申し上げれば、納得して頂けると思いますが」

「事件の展望だよ。肝心なのは、いつまでに、解決できるかという展望だよ」

「犯人たちを、追い詰めずに、不安定な心理状況に置きたいのです。そうすれば、彼等は、必ず、ヘマをやると思っています」

と、十津川は、いった。

「それは、勝手な君の希望だろう? 第一、どんなヘマをやると、君は、思っているんだ？」

「それはわかりませんが、ヘマはやらかしますよ。それは、確信しています」

と、十津川は、いった。

「どうも、すっきりしないねえ。総監に聞かれて、犯人は、ヘマをやると思いますと、答えられるかね？　思いますじゃあ、困るんだよ。記者連中には、笑われてしまうぞ」

「かも知れませんが、犯人たちの動きを、正確に、把握するなんてことは、不可能です。従って、ぼくぜんと、ヘマをやらかすだろうとしか、いえません」

十津川も、頑固に、いった。

「犯人のスケジュールは、わからなくても、ヘマをやることは、間違いないんだな？」

「必ず、やります」

十津川は、きっぱりと、いった。

「それで、結果的に、逮捕できるのか？」

「こちらが、対応を誤らなければ、逮捕できると思います」

「対応を間違えたら？」

「新しい犠牲者が出るかも知れません」

「おい、おい。そんなことをいったら、マスコミの袋叩きにあうぞ」

三上は、青い顔で、いった。

十津川は、笑って、

「これは、あくまでも、悲観的に考えた場合で、私としては、今後は、一人の犠牲者もなく、犯人を逮捕したいと、思っています」

と、いった。

結果的に、十津川の希望が入れられて、記者会見では、戸田克彦の名前は、伏せられ、カシオペアで射殺された男女の、男の方は、犯人の一人だと、断定した。

その直後に、射殺された男が、木村誠と、判明した。

五年以上前の木村誠の指紋が見つかり、それと照合された結果だった。

十津川は、急遽、もう一度、記者会見を開き、そのことを記者たちに告げた。

「彼が、失踪していた五年間は、どんな人間と、つき合っていたのか、それを調べるつもりです」

とも、いった。

これを、犯人たちは、どう受け取るだろうか？

どんな犯人でも、警察の捜査が、どこまで自分の近くに迫っているのか、それが、一番気になっているものだ。

テレビの報道も、新聞の記事も、毎日、見ている筈《はず》である。その犯人たちが、どんな反応を示すかに、十津川は、最大の関心を持った。

三上本部長には、彼等が、不安になり、ヘマをやる筈だと、主張した。

不安を感じた犯人たちが、ヘマをやるというのは、十津川の期待である。しかし、全くの、根拠のない期待ではない。二十年の刑事生活で、どんな犯人も、不安に襲われると、ヘマをやるものだと確信している。ただ、どんなヘマをやるかは、わからないのだ。犯人の性格によっても違うし、単独犯か、複数犯かによっても違ってくる。

それを、読み切れないと、対応を誤って、新しい犠牲者を作ってしまう。

十津川が、一番恐れているのは、そのことだった。

木村　誠

戸田克彦

三十歳前後の女

この三人は、今、わかっている。

三十歳前後の女の似顔絵は、彫玄が、十津川に、書いてくれた。

木村誠は、死んでしまったから、今、犯人は、戸田克彦と、三十歳前後の女の二人だけなのだろうか？

「私は、少くても、もう一人、いると思っている」

と、十津川は、いった。

「どんな人間ですか？」

と、亀井が、きく。

「カシオペアのラウンジカーにいた女だよ。この女は、二十代だといわれている。私は、この女が、木村誠と、一緒にいた女の二人を射殺したと思っている」

「彼女も、犯人の一人と、いうことですか？」

「そう考えざるを得ないね」

「すると、三人ですか？」

「三人以上と見ていた方がいい」

と、十津川は、いった。

この三人と、木村誠を結ぶものは、何なのか。それを知りたいと思う。

十津川が、その願いを口にしているところへ、木村誠と一緒に殺された女の身元がわかったという知らせが入った。

水商売の女らしいことは、わかっていた。

カシオペアが、上野発であることから、上野、浅草周辺のクラブで、働くホステスではないかと、見当をつけ、西本たちが、聞き込みに廻っていた。それが、成功したのだ。

「浅草国際通りにあるクラブ『センチュリー』のホステスで、名前は、村越《むらこし》けいこ。店での名前は、けいです」

と、西本が、電話してきた。

「木村誠との関係を、くわしく、聞いてくれ」

と、十津川は、いった。

2

西本と、日下の二人の刑事が、店のママや、同僚のホステスから、話を聞いた。

「愛田《あいだ》さんが、店に来るようになったのは、一カ月くらい前からよ」

と、ママは、いった。

どうやら、木村は、ここでは、愛田と、名乗っていたらしい。

「彼は、ひとりで、来てたんですか？」

西本が、きいた。

「一度だけ、何人かと一緒に来たことがあったわ」

と、同僚のホステスが、いう。

「何人で、どんな連中と一緒に、来たんですか？」

「よく覚えてないけど、四、五人だったかな。愛田さんが、ご機嫌で、ひとりで、喋《しゃべ》ってたわ」

と、ゆうことというホステスは、いった。

「どういう連中だったか、教えて欲しいんですよ」

と、日下は、繰り返した。

「その中の一人は、なんでも、大阪から来たんだと、いってたわね。何でも、刺青の先生だとか」

「本当か？」

と、日下が、怒鳴るように、きいた。

「愛田さんが、そういってた」

と、ゆうこがいい、傍にいたもう一人のホステスが、

「何でも、浅草の有名な刺青の先生の弟子で、大阪で、仕事をしていた人ですって」

「この人だったか？」

と、日下は、殺された彫玄の写真を、二人のホステスに見せた。

ゆうこの方はよく覚えていないといい、もう一人は、この男だったと、いった。

「他に、どんな人間が一緒だったか、覚えていないか？　全員、男だったのか？　それとも、女もいたのかどうか？」

と、日下は、きいた。

「背の高い男の人と、きれいな女の人が一緒だったわ。あれ、夫婦だったんじゃないかな」

と、ゆうこは、いった。

「女性客というのは、珍しいんじゃないの？」

「珍しいけど、ないこともないのよ。ただ、あの時は、愛田さんが、無理矢理に、他の三人を連れて来たみたいだったわ。特に、カップルの方は、迎えが来て、早々に、帰って行ったもの」

「迎えが来た？」

「ええ。迎えが来て、帰って行ったの」

「その迎えに来た人を見た？」

と、西本が、きいた。

「あたしは、見てないけど、ボーイさんがやって来て、女の人に、迎えの人が来ているって、伝えたのよ。そしたら、男の人と、すぐ、帰って行ったわ。残ったのは愛田さんと、大阪の人だけ」

と、ゆうこは、いう。

「そのボーイさんを、呼んでくれないか」

と、日下が、いった。
二十五、六歳のボーイが、呼ばれて、刑事たちのところに、やって来た。
「そのことなら、覚えていますよ」

と、ボーイは、いった。

「よく覚えているね」

「すごい美人でしたからね」

「迎えに来たのが？」

「そうですよ。ただ、男と一緒だった」

と、ボーイは、笑った。

「迎えに来た方も、カップルだったのか？」

「そうです。若いカップルでしたよ」

「それで、女の方が、君に、何といったんだ？」

西本が、きいた。

「何とかさんを呼んでくれみたいなことをいったんだけど、何といったか、忘れました。

アキコだったか、アキだったか、アヤだったか」

と、ボーイは、頼りなかった。

「呼び出しを頼んだ女の方は、自分のことを、どういってたんだ？」

日下が、きく。

「名前を聞いたら、妹が来てるって、いって下さいっていってましたよ。そういえば、きれいなところは、似てましたね」

「一緒にいた男の方は、覚えている？」

「それが、ぜんぜん、覚えてないんですよ。男が一緒かと、思っただけでね」

「女の顔ばかり見てたんでしょう？」

と、ゆうこが、からかった。

「二人とも、若かったんだな？」

日下が、念を押すように、きいた。

「女は、二十代。間違いありませんよ。男は、わからないけど、女より年上みたいだった」

と、ボーイは、いった。

西本と、日下の報告は、十津川を、喜ばせた。

「彫玄は、木村誠を、知らないと、いったが、嘘だったんだ。知っていたんだな」

十津川は、十三《じゅうそう》で、彫玄に会った時のことを、思い出しながら、いった。

「なぜ、嘘をついたんですかね？　別に、木村をかばう気があったとは、思えませんが」

と、亀井が、いう。

「きっと、彫玄は、木村誠が、嫌いだったんだと思うよ。軽蔑《けいべつ》していたのかも知れない。だから、木村と、知り合いと思われるのが、嫌だったんじゃないかな」

「木村誠や、彫玄と一緒に、浅草のクラブに来た男女を、どう思います？」

「私は、男は、間違いなく、戸田克彦だと思うし、女は、彫玄が似顔絵を描いてくれた三十歳前後の美人だと、思っているよ」

と、十津川は、いった。

「二人を迎えに来たカップルについては、どう考えられますか？」

「女の方は、多分、カシオペアのラウンジカーで、目撃された二十代の若い女ではないかと思っている。そうであって欲しいね」

と、十津川は、いった。

「ボーイの話では、妹だということでしたが」

西本が、いう。

「かも知れないが、妹分という意味かも知れない。その点は、今は、どちらでもいいだろう。もう一人、男が、一緒だったんだな？」

「そうです。ボーイは、そういっています」

日下が、肯《うなず》いた。

「その男女が、仲間だとすれば、木村誠を入れて、五人ということになってくる」

と、十津川は、いった。

「面白いですね」

亀井が、いった。

「どこが、カメさんには、面白いんだ？」

と、十津川が、きいた。

「戸田克彦と、三十歳前後の美人のカップル。それに、二人を呼びに来たのも、若いカップルです。そうなると、木村誠ひとりが、何か、余分な人間に、見えて来ます」

「そういうことか」

「それに、もし、二十代の若い女が、三十歳の女の妹だとすると、この四人の男女は、家族的な結合があったのかも知れません。男二人も、義兄、義弟に当るわけですから」

と、亀井は、いった。

「なおさら、木村誠は、異分子みたいに見えてくるな」

「それで、カシオペアの車内で、ホステスと一緒に、射殺されてしまったのかも知れませんね。クラブのホステス二人に、木村のことで、他に聞いたことはないのか？」

と、亀井は、西本と、日下に、きいた。

「この一回だけで、他の時は、いつも、木村は、ひとりで、その店に遊びに来ていたそうです」

西本が、いう。

「他の四人は、木村を敬遠していたのかも知れないな。彫玄は、大阪に、帰ったんだろう」

「木村は、それで、ホステスの村越けいこと、いい仲になったわけですが、そのけいこは、最近になって、愛田が、すごい金儲《かねもう》けがあるといって、はしゃいでいると、同僚のホステスに、喋っていたそうです。それで、村越けいこも、大金が本当に入ったら、愛田と一緒になるつもりだといっていたというのです。愛田というのは、木村が使っていた偽名ですが」

と、日下が、いった。

「すごい金儲けねえ」

十津川が、呟く。

「どんな金儲け話なのかは、けいこも、くわしくは、知らないらしかったとも、いっています」

「もちろん、誘拐のことでしょう」

と、亀井が、いった。

「木村は、口が軽いということだな。なじみになったホステスに、ペラペラ喋ってしまうんだから」

「それで、仲間に、口封じに、殺されてしまったのかも知れませんね」

亀井が、肯くように、いった。

「何とかして、戸田克彦以外の仲間のことを、知りたいな」

十津川は、強い眼で、宙を見すえた。

「殺された彫玄は、戸田克彦のことも、三十歳の美人のことも知っていました」

「そうだ」

「とすれば、もう二人、若いカップルのことも、知っていたんじゃないでしょうか？」

「浅草へ、もう一度、行ってみよう」

と、十津川は、いった。

戸田克彦は、彫玄にとって、恩人の息子だった。

それを教えてくれたのは、浅草の刺青愛好会の人たちである。

と、すれば、もう一つのカップルについても、何か、知っているかも知れないのだ。

十津川と、亀井は、前と同じ人たちに、集って貰《もら》うことにした。

「先日は、いろいろと、情報を頂きまして、ありがとうございました」

十津川は、まず、丁重に、礼を、いった。

「戸田克彦さんは、見つかりましたか？」

と、映画館主の矢野が、きいた。

「まだ、見つかっていません」

十津川が、答えると、真田《さなだ》という鳶《とび》職の頭《かしら》が、眉《まゆ》を寄せて、

「警察は、戸田さんの息子を、捕えるのかね？」

「いや、会って、お聞きしたいことがあるだけです」

「本当に、それだけなのかい？」

真田は、疑わしそうに、十津川を見、亀井を見た。

「それだけです」

十津川は、ちょっと、嘘をついた。今は、何とか、他の三人について、情報を得る必要があったからである。

「あの息子、今は、四十歳だろう」

「そうですよ。結婚して、子供がいても、おかしくない年齢《とし》だ」

「この浅草で、見かけたっていう話もあるんだがね」

「いや、上野だろう。――さんが、いってたよ。上野駅の近くで、見かけたって」

会員たちが、勝手に、喋り始めた。

それに、割って入る恰好《かっこう》で、十津川は、

「戸田さんが、この浅草にいた頃ですが、女性によくもてたと聞いたんですが」

「ああ。よくもてたよ」

「男には、どうです？」

「オトコ？」

「いや、変な意味ではなくて、年下の男たちから、兄貴のように、慕われるようなことも、あったと思うんですが」

「そりゃあ、あるよ。気っぷが良かったからね」

「弟分みたいな男は、いませんでしたか？」

と、十津川は、きいた。

「弟分ねえ。いたかな」

「酒屋の息子の何といったかな？」

「英男《ひでお》だろう」

「その英男が、よく、一緒に、つるんでいたんじゃないか」

「そういえば、あの英男も、同じ頃、いなくなっちまったなあ」

「その英男というのは、どういう男なんですか？」

と、また、十津川が、割って、入った。

「酒屋の次男坊だよ」

「何英男ですか？」

「島村英男だ」

「年齢は、いくつですか？」

「いくつだったかなあ。克彦より、十歳くらい下だったんじゃないかな」

「そうだよ。あの時、二十代だった筈だ」

「二人、一緒にいなくなったのは、どうしたのかなあ」

また、会員たちが、自分たちだけで、勝手に喋り始めた。

十津川は、その酒屋に行ってみることにした。

雷門近くの酒屋だった。島村酒店の看板が出ていた。

二人の刑事は、六十代に見える店の主人に、会った。

小柄だが、頑固そうな男だった。

十津川は、警察手帳を見せ、

「次男の英男さんにお会いしたいんですが」

と、いった。

島村は、険しい眼つきになって、

「いませんよ」

「では、何処に行けば、会えますか？」

「あいつが、何かやらかしたんですか？」

「今なら、まだ、救えるかも知れないんですよ。だから、協力して下さい。大変なことになるかも知れない」

　と、亀井が、脅した。

「あいつは、五年前、急に、いなくなっちまってね」

　島村は、小さく肩をすくめて見せた。

「伊勢長の息子さんと、一緒にいなくなったんじゃありませんか？」

　と、十津川は、きいた。

「そうなんですよ。あいつは、伊勢長の息子のことを、兄貴、兄貴と、呼んでましてね。五年前、伊勢長の家が火事になったとき、同情して、一緒に、浅草から消えちまったんだ」

「その後、全然、連絡がないんですか？」

　十津川がきくと、島村は、急に、ニッコリして、

「実は、先日、五年ぶりに、顔を見せたんだよ」

と、いった。

「いつ頃のことですか？」

「二週間くらい前かな」

「ひとりで、来たんですか？」

「ああ。ひとりだった。一日だけ、泊っていったよ」

「どんな話をしたんですか？」

「五年間、何処《どこ》で、どんな暮しをしていたんだと聞いた。家内も、それを知りたくてね」

「英男さんは、何て、いってました？」

「日本中を廻って、苦労したらしい」

「伊勢長の息子と一緒にですか？」

「そうらしい。だが、詳しい話をしてくれないんだ」

島村が、いったとき、彼の妻の美佐子《みさこ》が、顔を出して、

「最近は、東京に戻っていたらしいんですよ。それなのに、どうして、家に顔を出さなかったのかって、わたしは、叱ったんですけどね」

「英男さんは、三十歳くらいですね？」

「丁度、三十歳です」

「まだ、ひとりなんですかね？」

「ええ。でも、好きな人は、いるみたいですよ」

と、美佐子は、いう。

「どうして、わかりました？」

「泊った日の夜おそく、携帯電話をかけてましたもの。あれは、絶対に、女の人にかけてたんですよ」

美佐子は、きっぱりと、いった。

「英男さんの写真があったら、貸して、頂けませんか」

と、十津川は、いった。

美佐子が、アルバムを見せてくれた。

その中から、二十五歳の時の写真を、二枚、借りることにした。

「大人しそうな、感じですね」

と、亀井が、いうと、島村は、

「それが、五年ぶりに会ったら、逞《たくま》しい顔付きになっていたよ」

「それは、きっと、苦労したからですよ」

と、美佐子が、いった。

「英男さんと話したことを、どんな小さいことでもいいから、聞かせてくれませんか」

十津川が、頼んだ。

「あいつが、よくケンカしたというのを聞いて、驚きました。ケンカなんか、しない子でしたからねえ」

と、島村が、いうと、美佐子が、

「それは、きっと、伊勢長の息子さんと一緒だったからですよ。克彦さんは、いつも、ケンカばかりしてたから」

と、美佐子が、いう。

「そういえば、あいつが、腕に刺青をしてるのを知ってたか？」

島村が、いい、美佐子は、びっくりした顔で、

「本当ですか？」

「一緒に、風呂に入ったとき、見たんだよ」

「四ツ葉のクローバーに、字が入った刺青じゃありませんか？」

と、十津川が、きいた。

「どうして、知ってるんです？」

「実は、伊勢長の息子さんも、同じ刺青を、腕にしてるんです」

「どうしてあんな刺青をしてるんだろう？　まさか兄弟分の印じゃないだろうが」

「聞いてみなかったんですか？」

と、亀井が、きいた。

「怖くてねえ」

「他は、どんな話をしてました？」

十津川が、続けて、きいた。

「これから、どうするんだって、聞いたら、日本にあきたから、外国へ行こうと思うって、いってましたねえ」

島村が、いう。

「外国へ行って住むということですかね？」

「そう思いましたよ」

「それには、お金が必要でしょう？」

「そうですよねえ。自分で、何とかすると、いってましたが」

「女の話はしていませんでしたか？」

と、亀井が、きいた。

「そろそろ、落ち着いて、結婚したらどうだと、聞いたんです」

島村が、いう。

「それで、英男さんは、何といってました？」

「そんな心配はしないでくれと、叱られましたよ。家内の今の話では、好きな女がいたからなんでしょうね」

「携帯で、どんな話をしていたか、わかりませんか？」

十津川は、今度は、美佐子の方に、きいた。

「小さな声で喋ってたんで、はっきりしないんですけど、二人で、人生設計の話をしていたみたいですよ」

と、美佐子は、いった。

「人生設計？」

「ええ」

　と、美佐子は、肯いた。

（それは、誘拐計画の話だったのではないのか）

　と、十津川は、思った。

　島村英男は、五年間見ない間に、ひどく、逞しく変っていたと、いう。

　そして、外国で生活したいとも、いっていたという。

　そのためには、大金が必要なので、誘拐を計画したのではないのか。

　島村英男が、逞しく、変貌《へんぼう》したのは、それにふさわしい五年間があったということだろう。

　五年前は、ただ優しく、兄貴分の戸田克彦のあとをついて歩いていた男が、逞しくなり、腕には刺青をしていたというのである。

　どんな五年間だったかは、だいたい、想像がつく。

　平穏な五年間だったら、性格は、変らなかったろうし、刺青などしなかったろうからである。

（修羅）

と、いう言葉を、十津川は、想像した。

五年間、島村英男にも、戸田克彦にも、修羅が、あったのでは、ないのか。

十津川は、警察庁に電話をかけ、前科者カードに、島村英男と、戸田克彦の名前がないかを調べて貰うことにした。

木村誠は、前科者カードにないことは、わかっていた。あれば、カシオペアで射殺された男の指紋を照合したとき、すぐ、木村誠と、わかった筈だからである。

警察庁からの答は、すぐ、あった。

やはり、島村英男と、戸田克彦には、前科があったのだ。

しかも、二人は、同じ時に、懲役二年の実刑を受けていた。

四年前の十月に大阪で起きた事件だった。

五年前、浅草から姿を消した二人は、その時、大阪にいたのだ。

その事件について、十津川は、大阪府警に電話をかけて、詳しい話を聞いた。

電話で話してくれたのは、この事件を担当した波多野《はたの》という警部だった。

「十月三十日の夜でした。十九歳になったばかりの畠中由利《はたなかゆり》という女がいましてね」

と、波多野は、そんなことから、話し始めた。

「いいとこの娘なんですが、家庭環境が、複雑でしてね。高校一年ぐらいから、ぐれて、いっぱしのワルになっていたわけです。気の強い娘で、十八歳の時には、チンピラを、ナイフで刺して、重傷を負わせたりしているんですよ。四年前の十月三十日の夜ですが、関西のN組という暴力団があるんですが、由利は、その頃、N組の若頭の女になっていましてね。彼が、他に女を作ったということで、ケンカをして、気の強い由利は、また、出刃包丁で刺したんですよ。刺して、逃げたんだが、組員二人に追われて、中之島公園で、捕ってしまったんです。そこで、リンチにあったんですが、丁度、通りかかった若い男二人が、見かねて、助けに入り、組員二人と、ケンカになったんです」

「それが、島村英男と、戸田克彦だったんですか？」

「そうです。二人は、護身用に、ナイフを持っていましてね。組員の一人を、刺し殺してしまい、もう一人に、重傷を負わせて、逮捕されたんです」

「殺してしまったんですか」

「ええ。まあ、組員の方も、悪いわけだし、島村と戸田の二人は、初犯ということもあって、実刑二年の判決となったんです」

「畠中由利という女は、どうなったんですか？」

「警察が、駈けつけた時は、もう姿を消してしまっていましたね」

と、波多野は、いう。

「出所したあと、二人は、どうなったんですか？」

「身元引受人は、刺青師でしたね」

「十三の彫玄じゃありませんか？」

「ああ、そうでした」

「その後、二人が、どうなったか、わかりませんか？」

と、十津川は、きいた。

「すぐ、京都へ行ったのは、知っています。大阪の彫玄が、身元引受人になったんだが、N組が、報復するのではないかという噂《うわさ》が立ちましてね。それで、京都へ逃げたんだと思います。N組の復讐というのは、単なるデマだったんですが、二人は、大阪へ戻ってくることは、なかったみたいです」

「なぜ、京都へ行ったんですか？　何か、京都に友人が、いたんでしょうか？」

「わかりませんが、一つだけ考えられるのは、畠中由利の親戚が、京都に住んでいるということなんです。この親戚も、京都では、有名な、古い料亭だと聞いています。ただ、京都へ行ってからのことは、よくわかりませんので、京都府警に聞いて下さい」

と、波多野は、いった。

そのサジェスチョンに従って、今度は、京都府警に、電話をかけた。

こちらは、即答というわけにはいかず、翌日、もう一度、かけることになった。

京都府警では、市川という警部が、答えてくれた。

「ご照会のあった料亭は、東山の小坂井という割烹《かっぽう》料亭です。創業二百年の老舗《しにせ》で、大阪に、畠中という親戚があることも、間違いありません。小坂井には、両親の下に、一男一女がいて、現在、四十五歳の長男が、あとを継いでいます。長女は、現在、三十二歳ですが、家を離れております。両親や、長男に聞いても、彼女については、言葉を濁すので、何かあるのだと思いますね」

「島村英男と、戸田克彦の二人については、何か、わかりましたか？」

と、十津川は、きいた。

「この小坂井という料亭ですが、日本海に面した敦賀に、支店があります。福井県ですが、この支店は、漁師を兼ねていて、獲れた魚介類は、そこから、京都東山の本店に運ばれてくると、いうことです。二年前に、この敦賀の店の方で、若い男二人が、働くようになったそうで、三十代後半と、二十代後半というので、この二人が、ご照会の島村英男と、戸田克彦ではないかと思われます」

「その二人は、敦賀で、どんな仕事をしていたんですかね？」

「簡単には、料理は出来ませんから、下働きとか、或いは、舟に乗って、漁の手伝いをしていたようです」

「今も、敦賀の店にいるんですか？」

「問い合せたところ、一年間余り働いて、急に二人とも、辞めて、いなくなったと、いっています。二人は、住み込みではなく、近くにマンションを借りて、住んでいたようです。それで、そのマンションの電話番号を聞いて、管理人に、二人が、どんな生活をしていたのか、聞いてみました」

「それで、どんな生活だったんですか？」

「女性が、時々、遊びに来ていたそうです。二人の男ともにです。すごい美人だったと、管理人はいっていますが、びっくりしたのは、若い女の方で、同じマンションに住む独身の男が、ある日、酔って帰って来て、エレベーターの中で、彼女と二人だけに、なったんだそうです。それで、つい、抱きついたら、相手は、黙って、いきなりナイフを取り出して、男の太ももを刺したというんです」

「それで、どうなったんですか？」

「すごい悲鳴をあげて、管理人は、びっくりして、エレベーターに、飛んで行ったそうですよ。男が、ひいひい悲鳴をあげていたが、女は、平然としていたそうです。結局、男が、酔った勢いで、抱きついたのが、悪いというので、示談にしたようです。この女が、どうも、畠中由利ではないかと思うのです」

と、市川は、いう。

「彼女は、若い島村英男の方の彼女だったわけですね？」

「そうだと思います」

「年上の戸田克彦の方にも、彼女がいたわけでしょう。その女については、何か、わかりませんか？」

と、十津川は、きいた。

「畠中由利と思われる女が、もう一人の女のことを、『お姉さん』と、呼んでいたと、管理人は、いっています」

「お姉さんですか」

だが、畠中由利に、姉はいない筈である。

「小坂井という料亭の長女が、姿を消しているそうですが、彼女じゃないんですか？」

と、十津川は、きいてみた。

「実は、私も、そう思って、小坂井にも、確めてみました。両親の返事は、あの娘は、もういないものと、思っている、話したくないというものでした。まわりの人間に聞いてみると、彼女は、小坂井香織《かおり》という名前なんですが、実は、結婚していたんです。相手は、同じ、京都の料亭の後とりで、名前は、白川雄介《しらかわゆうすけ》です。つまり、彼女は、白川香織になっていたわけなんです。それが、不倫をして、男のところに走ってしまった。両親は、白川さんに申しわけないといい、三十歳を過ぎた娘を、勘当扱いにしたというのが、本当のところらしいのです」

と、市川は、いった。

「その不倫の相手は、戸田克彦ではないんですかね？」

「例のマンションの管理人に、香織の顔立ちや、年齢を説明して、見かけたことがないかと聞いてみました。管理人は、顔は、わからないが、三十代の女性が、時々、戸田の部屋に来ていたことを、認めました」

と、市川は、いう。

「と、すると、香織の相手は、戸田克彦と見ていいようですね」

「そう思います。戸田と、島村が、一年余り、敦賀の店で働いていて、突然、やめたのも、この不倫のせいではないかと、思えるのです」

と、市川は、いった。

「なるほど、それで、小坂井香織も、彼等と一緒に、いなくなったというわけですね」

「そうです」

「香織というのは、どういう女性なんですか？　古い料亭の娘というのは、わかりますが」

「近所の人たちの評判は、いいですよ。いかにも京都の女という感じで、物静かで礼儀正しいというわけです」

「しかし、三十歳を過ぎて、突然、不倫に走ったわけですね」

「京都の女は、表向きは、物静かで、優しいですが、芯は、非常に強く、逞しいですからね。突然、家庭を捨てて、恋に走っても、不思議はないんです」

と、市川は、いった。

「それから、木村誠のことですが――」

と、十津川が、いうと、

「木村誠についても、そちらから送られた彼の写真をもとにして、聞き込みを行いましたが、京都でも、敦賀でも、彼を見たという声は、聞けませんでした。従って、彼等が、敦賀を離れたあとで、知り合ったものと思います」

「敦賀を離れてから、何処へ行ったかわかりませんか？」

「それを、今、調べているんです。いろいろな情報が入ってくるんですが、その中の、どれを信じていいかわからず、今、取捨選択をしているところです」

と、市川は、いった。

「なるべく早く、信用できる情報が欲しいんですが」

「あと一日、待って下さい。何とかして、彼等のその後の足取りをつかみますよ」

と、市川は、いった。

更に、一日おいて、市川から、電話が入った。

「彼等が、敦賀から、何処へ行ったか、わかりました。北海道です」

「北海道？」

十津川は、その言葉と同時に、カシオペアという列車の名前を、思い浮べていた。

「北海道の何処ですか？」

「大沼です」

「函館の近くですね？」

「そうです」

「間違いありませんか？」

「敦賀の店で、彼等と一緒に働いていた男がいるんですが、彼のところに、辞めた島村や、戸田から、手紙が届いたことがあるんです。その手紙を、見せて貰いましたが、大沼で、ペンションを始めたと、書いてあります」

「いつの手紙ですか？」

「消印は、去年の八月五日になっています」

「そのペンションの名前を教えて下さい」

と、十津川は、いった。

3

その日の中に、十津川は、亀井と、空路、函館に飛んだ。函館で、レンタカーを借り、大沼に向う。

二人は、大沼観光協会を訪ね、

「ペンション『ゆり』というんですが、何処にあるか教えて下さい」

と、頼んだ。

受付の男は、大沼のホテル、ペンションの一覧表を持ち出して来て、

「そのペンションなら、潰《つぶ》れましたよ」

と、教えてくれた。

とにかく、場所を教えて貰って、二人は、車を走らせた。

駒ケ岳の麓《ふもと》、大沼の周辺が、大沼国定公園と、呼ばれている。

大沼の西側に、ホテルや、牧場などが、集っていて、その中に、ペンション「ゆり」も、あった。

しかし小さなそのペンションに、人の気配はなく、ロープが張られていた。

二人は、近くの、同じペンションのオーナーに会って、話を聞いてみた。

「もう、やめてしまってから、半年近くになりますよ」

と、四十代に見える男は、いった。

「どうして、ペンションをやめてしまったのか、ご存知ですか？」

と、十津川は、きいた。

相手は、いいにくそうにしていたが、再度、十津川が、きくと、

「金ですよ」

「資金ですか？」

「資金の足りない分を、サラ金で借りたみたいでね。うまくいってたみたいなんだけど、その取り立てが、厳しくて。それも、そのサラ金が、暴力団が関係しているところだったんですよ。そこは、最初から、ペンションを取り上げようという腹だったんだと思いますね。この辺りの他のペンションも、わずかな金を、そこから借りたために、取り上げられてしまっていますからね」

と、男は、いった。

やり方は、暴力団員が、二、三人で、営業妨害をして、客が来ないようにし、借金を、返済できなくさせ、建物を取り上げてしまうのだという。

「ペンション『ゆり』にも、暴力団員二、三人がいつも、やって来てましてね。他の客を、脅かすわけです。そのため、繁盛していたのに、客が、来なくなってしまった。それで、あそこのオーナーが、切れてしまったんですよ。四月の末頃だったと思いますが、その日来ていた暴力団員二人を、めちゃくちゃに痛めつけて、消えてしまったんです」

「それで、ロープが、まだ、張ったままになっているんですか？」

「警察が、張ったんです。二人の暴力団員は、三カ月の重傷でしたからね。ただ、そのサラ金の社長も、関係していた暴力団の組長も、傷害罪などで逮捕されてしまったんです。それで、失踪したあのペンションのオーナーたちの追及にも、熱が入らないみたいですよ」

「あのペンションには、何人いたんですか？」

と、亀井が、きいた。

「男が三人と、女が二人です」

「男が、三人？」

「ええ。最初は、男女四人だったんですが、コックさんを傭《やと》って、それで男三人になったんです」

「そのコックというのは、この人間じゃありませんか？」

　十津川は、木村誠の写真を見せた。

「よく似てます」

　と、男は、いった。

（これで、全員が、揃《そろ》ったな）

　と、十津川は、思った。

「評判は、どうだったんですか？」

　亀井が、きいた。

「女性二人が、美人でね。評判は、良かったですよ。食事は、ちょっとといわれてましたね。あれは、コックの腕が悪かったんでしょう」

　と、男は、笑った。

　念のために、十津川は、戸田克彦、島村英男、小坂井香織、それに、畠中由利の写真を見せた。

男の妻や、娘も出て来て、一緒に、四枚の写真を見てくれた。

三人は、四枚の写真に、肯いてくれた。この男女と、それに木村誠が、ペンション「ゆり」で、働いていたというのである。

「この五人が、この大沼から、何処へ行ったかわかりませんか？」

と、十津川は、きいてみた。

「わかりません。警察も、わからないみたいですよ」

と、オーナーは、いった。

五人は、何処へ行ったのか？

半月前に、木村が、浅草のクラブに、彫玄、戸田克彦、小坂井香織と思われる三人を連れて来たという。

また、迎えに、島村英男と、畠中由利と思われる二人が、その店に現われている。

と、すると、五人は、北海道から、東京へ行ったとみていいのではないか。

そして、木村誠が知っている小野の娘を誘拐する計画を立てたのではないのだろうか？

「東京だな」

と、十津川が、亀井に、いった時、彼の携帯電話が、鳴った。

十津川は、受信のボタンを押して、耳に当てた。

「西本です」

と、相手が、いった。

「何かあったのか？」

「すぐ、戻って下さい。新しい事件が、起きました」

「新しい事件？」

「また、誘拐事件が、発生しました。どうやら、犯人は、前と同じ人間らしいのです」

と、西本は、いう。彼の声も、狼狽《ろうばい》している感じだった。

十津川も、狼狽していた。

「間違いないのか？」

つい、声が大きくなる。

「わかりませんが、似てはいます」

と、西本は、いった。

第五章　地下通路

1

「誘拐されたのは、誰なんだ？」

十津川が、怒鳴るように、きく。

「名前は、遠藤亜美《えんどうあみ》、十九歳。女子大の一年生です。学校帰りに、誘拐されました。つい、さっき、犯人から、電話があったということです」

西本が、緊張した声で、いう。

「まさか、小野ミユキの知り合いのR女子大生じゃあるまいね？」

「それが、同じ大学です」

「偶然か？」

「わかりません。犯人は、明日午後二時に、また電話すると、いったそうです」

「誘拐だということは、間違いないんだな？　いたずらじゃないんだな？」

「犯人が、彼女の腕時計を、近くの公衆電話ボックスに置いたといい、母親が、それを、確認しています。時計は、カルティエで、誕生日に、父親が買い与えたものに間違いないそうです」

と、西本は、いう。

「全く、小野ミユキの時と同じだな」

「そうです。同じです」

「すぐ、帰京する」

と、十津川は、いった。

十津川と、亀井は、函館空港から、一九時三〇分のＪＡＳ１９８便で、東京に戻った。

待ち構えていた本多《ほんだ》一課長が、

「西本たちが、被害者の家へ行っている」

と、十津川に告げた。

「遠藤亜美という娘さんだそうですね」

「父親は、K製菓の重役だ。母親は、そこの社長の娘で、邸は、杉並区の永福町にある。個人資産が、五、六十億といわれる資産家だよ」

と、本多は、いってから、

「同じ犯人だと思うかね？」

と、きいた。

「人質も、誘拐の方法も、よく似ています。もちろん、今、同一犯と断定するのは、危険ですが」

十津川は、慎重に、いった。

一休みしてから、亀井と、永福町の遠藤邸に向った。

鉄筋三階建の大きな邸だった。

二人は、わざと、車を途中でおり、歩いて、勝手口から、家の中に入った。

一階のリビングルームに、西本たちが、集っていた。

「これが、問題のカルティエの腕時計です」

と、西本が、女性用の時計を、十津川に、見せた。

「指紋は、採ったのか？」

「誘拐された娘さんの指紋しか、出ませんでした。犯人のものは、出ません。手袋をはめていたんだと思います」

「犯人の声について、何か、わかってるか？」

「多分、前の誘拐と同じで、変声器を使用しているんだと思われます。電話に出た母親が、男だが、何か、機械的な感じがしたといっていますから」

「君も、同一犯人と思うのか？」

と、十津川は、きいた。

「今までのところ、前の犯人と全く同じ方法が、とられています。それに、人質として誘拐された遠藤亜美は、前の事件の人質と、同じR女子大の一年生で、友人でした。こうしたことを考えると、犯人は、同一人と思うのが、自然じゃないでしょうか」

と、西本は、いう。

「そうなると、今回も、五人か。いや、木村誠は、殺されたから、四人が、犯人ということになるのか」

十津川は、改めて、四人のことを思い出した。

戸田克彦
島村英男
小坂井香織
畠中由利

の四人である。

十津川は、リビングルームの壁に、四人の写真を貼《は》り出した。

「その四人が、犯人なら、名前も、顔もわかっているから、対処がしやすいかも知れません」

と、亀井が、いった。

十津川自身も、本多一課長には、まだ、決めつけるのは、危険とはいったが、今回の犯人も、この四人だろうと、思っていた。

「もし、この四人なら、逃亡資金作りだな」

と、十津川は、いった。

四人は、北海道で、ペンションをやっていた。それが、悪辣《あくらつ》な暴力団のせいで、倒産に追いやられた。

そのあと、第一の誘拐事件を起こした。二億円の身代金を手に入れたが、彼等は、もう、日本に、未練はないのではないか。

十津川は、そんな気がするのだ。

四人は若い。

だから、家を飛び出して、北海道で、自分たちの城を造った。

だが、その城を捨てている。きっと、日本という国は、住みにくいと思っただろう。

それに、誘拐と、殺人を犯している。と、すれば、彼等が、狙うのは、海外逃亡だろう。

「四人は、今、何処にいるんでしょう？」

と、亀井が、四人の写真を見ながら、十津川に、きいた。

「多分、東京だろうね。東京が、一番、隠れ易いからな」

と、十津川は、いった。

亀井も、今回の誘拐の犯人も、彼等と決めた口ぶりになっていた。

2

翌日の午後二時きっかりに、電話が、鳴った。

今度は、会社を休んだ父親の遠藤祐一郎が、出た。

「遠藤さんだね？」

と、男の声が、きく。相変らず、変声器を使っているらしい、妙に、ざらざらした声だった。

「娘は、無事ですか？」

遠藤は、努めて、丁寧に、きく。

「大丈夫、無事だ。人殺しは好きじゃない」

「欲しいものをいって下さい。娘が戻ってくるのなら、いくらでも、払います」

「二億円欲しい」

「二億円？」

「そうだ。明日の昼までに、用意しろ。明日の午後二時に、また電話する」

「娘の無事な声を聞かせて下さい」

「明日、二億円が出来たら、聞かせてやるよ」

電話が、切れた。

十津川たちは、テープレコーダーに録った犯人の声を聞き返した。

「同じ犯人ですよ」

と、亀井が、断言した。

「喋《しゃべ》り方も、いっている言葉も、前の場合と、ほとんど同じですから、間違いありません」

「金額も同じ二億円か」

と、十津川は、呟《つぶや》いた。

犯人が、四人なら、前の二億円と合せて、四億円で、一人、一億円になる。それだけの金を持って、彼等は海外へ出て行く積りなのか。

「目的は、海外逃亡ですか？」

と、西本が、きく。

「実質的には、そうだが、彼等は、そうは、考えていないと、思うね」

「それは、どういうことですか？」

「四人は、自分たちの城を造ろうと、北海道で、ペンションを建てた。それが、失敗した今、連中は、日本に、愛想をつかして、海外へ脱出しようと、しているんじゃないかと、思っているんだよ」

「海外への脱出ですか」

「気持として、だ。そんな気分でいるんだと思うんだがね」

と、十津川は、いった。

「しかし、連中は、人殺しですよ」

日下が、厳しい調子で、いった。

「わかっている」

と、十津川は、いった。

連中は、小野ミユキを誘拐し、二億円の身代金を奪った。

それだけではない。カシオペアの車内で、木村誠とホステスを射殺した。

また、人質の小野ミユキと、父親の小野敬介の二人も、殺したと、考えられる。

それにも拘《かかわ》らず、十津川は、なぜか、彼等を憎み切れないのだ。

遠藤亜美が、連れ去られた時の状況は、はっきりしていなかった。

学校を出たのが、午後二時五分頃。その後、女友だちと、マクドナルドに寄ったのは、はっきりしていた。そのあと、彼女は、その友だちと別れて、バス停へ向って歩いて行った。

そのあとが、はっきりしなかった。バスに乗ったことが、確認されていないから、その途中で、犯人の車に、乗せられたのではないかと考えられる。

しかし、父親の祐一郎も、母親の美津子《みつこ》も、

「そんなことは、考えられません」

と、いう。

「亜美は、先日、誘拐された小野ミユキさんと親しかったんです。だから、絶対に、知らない人の車なんかには、乗らないし、無理に乗せられたら、悲鳴をあげるか、防犯ベルを鳴らしていた筈《はず》です。用心のために、いつも、防犯ベルを、持ち歩いていたんです」

と、いうのだ。

しかし、マクドナルドから、バス停までの間で、聞き込みをやったが、それらしい事実は、聞けなかったのである。

「大人しく、犯人の車に乗ったとしか思えないのです」

と、西本は、いった。

「そんなバカな!」

遠藤が、大声を出す。

「娘は、怯《おび》えて、声が、出せなくなるような、弱い性格じゃありません。空手も習っていますし、足も早いんです」

と、美津子も、いう。

では、犯人は、どうやって、誘拐したのだろうか?

「いきなり、車からおりて来て、クロロホルムを嗅《か》がせて、気を失わせ、車に乗せたんじゃありませんか?」

と、いったのは、三田村《みたむら》刑事だった。

亀井が、小さく笑って、

「まっ昼間だよ。そんなことをしたら、誰か、目撃者がいる筈で、きっと、怪しまれるよ」

「でも、マクドナルドの店から、バス停までの間に、誘拐されたのは、間違いないんです。

マクドナルドで別れた女友だちは、遠藤亜美が、バス停に向って、歩いているのを見送っていますから」

西本がいい、彼は、その周辺を撮って来たビデオテープを、十津川に、見せた。

まず、問題のマクドナルドの店が映り、それから、カメラは、店を出て、バス停に向って、進んでいく。

「バス停まで、百メートルぐらいのものです。ごらんのように、車が、絶えず走っています。亜美は、この歩道を、バス停に向って歩いて行ったものと考えられます。恐らく、犯人は、背後から走って来て、彼女を、乗せたものと思われます」

西本が、説明する。

「彼女が、誘拐された時刻は、午後二時半から、三時の間と、みられています」

と、日下が、いう。

「じゃあ、車も多かったし、歩道にも、人がいたわけだね」

十津川が、ビデオの画面を見ながら、いう。

「そうなんです。ですから、私は、彼女が、大人しく犯人の車に乗ったとしか思えません。それで、誰も、誘拐に気付かなかったのではないかと、思うのです」

と、西本が、いった。

「だが、両親の話では、彼女は、前の誘拐のことで、注意し、それに、気が強いから、犯人の誘いには、絶対にのらないということだよ」

亀井が、小さく、首を横に振った。

「両親のいうことは、よくわかります。それに、彼女は、前に誘拐された小野ミユキの親友ですから、注意していたとも思います。気が強い女性だということも、友人の証言で、間違いありません。それに、防犯ベルも、持っていた筈です。その防犯ベルが鳴らされていたり、彼女が、激しく、抵抗していれば、あの時刻です、通行人なり、車の運転手なりが、気付かぬ筈がありません。ところが、いくら、聞き込みをやっても、目撃者は、見つからないのです。ですから、彼女は、抵抗もせず、自分から、犯人の車に乗ったとしか考えられないのです」

「と、いうことは、彼女は、犯人と顔見知りということになるのかね？」

十津川が、きく。

「それで、両親に、例の四人のことを聞いてみました。写真も見せました。しかし、名前にも、写真の顔にも、記憶がないと、いうのです。亜美の同級生にも見て貰《もら》いましたが、同じでした」

　と、西本は、いう。

「彼女が、バス停ではなく、他に行ったということは、考えられないのか？」

　亀井が、いった。

「その可能性は、ほとんどないと思います」

　と、西本がいい、日下は、その辺りの地図を描いて、十津川と、亀井に、示した。

「マクドナルドの店と、バス停まで、脇道へ入るようなところは、ないのです。もちろん、細い路地は、ありますが、そこに、亜美が行きそうな場所はありません」

「そうなると、やはり、彼女は、理由は、わからないが、大人しく、すんなりと、犯人の車に乗ったことになるな」

　と、十津川は、いった。

「両親は、そんな娘じゃないと、いうでしょうが、そう考えざるを得ないんです」

　西本は、頑固に、いった。

　十津川は、じっと、壁に貼られた四人の写真を見つめた。

「君のいうことは、正しいかも知れないな」

と、十津川は、西本を見て、いった。

「しかし、確証は、ありません。なぜ、大人しく犯人の車に乗ったか、その理由が、わからないのです」

西本は、迷いの表情で、いった。

「私は、今、とっぴなことを考えたんだよ」

と、十津川は、いった。

「どんなことですか？」

「前に誘拐された小野ミユキは、生きているんじゃないかということだよ」

と、十津川は、いった。

「まさか――」

「小野ミユキの死体は、発見されていないんだ」

「それは、そうですが、大学生の人質を、いつまでも、生かしておくでしょうか？　足手まといになるだけでしょう。そりゃあ、われわれとしては、まだ、生きていると考えたいです。小野ミユキも、彼女の父親もです。しかし、犯人たちは、なぜ、生かしておくんです？」

西本が、反論する。

「今度の誘拐に備えてじゃないかね」

「何のためにです？」

「遠藤亜美を、誘拐するためだよ」

「よく、わかりませんが」

と、西本がいい、日下も、同じ表情をしている。

「連中が、なぜ、女子大生を続けて、誘拐したのか、不思議だったんだよ。子供を誘拐した方が、楽だし、幼児なら、解放しても大丈夫だからね。女子大生では、そうはいかない。身代金を手に入れても、顔や、声を覚えられてるから、解放は、出来ないからだ。それなのに、連中は、二度も、危険な大人の女を誘拐している」

「小野ミユキの場合は、連中の仲間だった木村誠が、小野敬介のことを、よく知っていたからでしょう」

と、日下が、いう。

「だとしても、なぜ、二度目も、女子大生にしたんだ？」

「それは、今度の人質が、小野ミユキの親友で、彼女のことを、聞いていたからじゃありませんか？　彼女の家が、資産家ということもです」

　これは、西本が、いった。

「誰が資産家だなんてことは、毎年の長者番付を見ていれば、わかるよ」

「それは、そうですが――」

「私が、犯人なら、長者番付を調べて、幼児を狙う。どう考えても、女子大生を誘拐するよりも、幼児の方が、楽だからだ。連中が、小野ミユキで手こずったとすれば、今度は、猶更《なおさら》、幼児を標的に変えた筈だよ。それなのに、また、女子大生にした。ということは、前の誘拐で、女子大生の人質に、手こずらなかったということになる」

「ええ」

「女子大生を人質にして、うまくいったことになる。だから、また、女子大生にしたとは、考えられないかね？」

「そうも、考えられますが――」

　西本と、日下は、顔を見合せたが、まだ、十津川の言葉に、納得した顔ではなかった。

　十津川は、言葉を続けた。

「もし、連中が、二億円を手にしたあと、人質の小野ミユキを殺したとする。殺して、楽しかったろうか？」

「人質を殺すのは、その誘拐が、失敗とみてもいいんじゃないかと思いますわ」

と、北条早苗《ほうじょうさなえ》刑事が、いった。

「その通りだと、私も思う。連中だって、人質は、殺したくない筈だ。もし、殺していれば、二回目の誘拐に、また、女子大生を選ぶとは、思えないね。また、殺さなければならないからだ」

十津川は、考えながら、話す。

「じゃあ、なぜ、女子大生を選んだんです？　警部も、幼児の方が、楽だと、いわれたじゃありませんか？」

と、西本が、きく。

「連中は、幼児より、女子大生の方が、楽だと考えているんだよ」

十津川が、いった。

「どうしてでしょうか？」

と、日下は、まだ、納得できない表情で、きいた。

「大人だからだと思いますわ」

と、早苗が、いった。

「君の考えを聞きたいね」

3

「二つのことを、今、考えたんです」

と、早苗が、いった。

「一つは、彼等の中に、二人、女性がいることです。年上の小坂井香織は、聡明《そうめい》な女と思われますから、十九歳の女子大生の扱いには、なれていると、思うのです。もう一つは、女子大生の人質なら、分別があるだろうということです。幼児は、いうことを聞かせるのが、大変です。それに、四人には、子供がいませんから、扱いには、なれていませんわ。その点、女子大生の方が、いうことを聞かせられます」

「と、いうことは、君も、小野ミユキは、殺されていないと、思うんだろう?」

と、十津川は、きいた。

「私も、小野ミユキは、生きていると、思いますわ。今回の遠藤亜美が、大人しく、犯人の車に乗り込んだのも、その車に、親友の小野ミユキが、乗っていたからだと思います」

早苗は、微笑して見せた。

十津川は、刑事たちの顔を見て、

「私は、小野敬介も、生きていると、思っている。正確にいえば、犯人たちが、殺していないと、思っている。うまくいけば、われわれは、二人とも、助け出せるんだ。そのつもりで、行動して欲しい」

と、いった。

亀井が、小声で、

「警部。嬉《うれ》しそうですね」

「そりゃあ、小野父娘が、生きている可能性が、出て来たからね」

「それだけじゃないでしょう?」

「それだけじゃないって、カメさんは、何をいってるんだ?」

と、十津川は、きいた。

「連中のことを考えて、喜んでいらっしゃるんじゃありませんか?」

と、亀井は、いう。

（参ったな）

と、十津川は、思った。亀井の言葉は、的を射ていたからだった。

今回の事件の犯人たちを、十津川は、本気で、憎めずに、困っていたのだ。

誘拐事件を起こした凶悪犯であることは、わかっている。それに、仲間の木村誠と、ホステスを、射殺している。

それにも拘《かかわ》らず、憎み切れなかった。

（刑事として、失格）

と、自分にいい聞かせていたのだ。

もし、小野父娘が、殺されていなければ、十津川の忸怩《じくじ》たる気分も、少しは、救われるだろう。

刑事たちは、明日に備えて、リビングルームで、休むことにした。

母親の美津子が、刑事たちのために、夕食を作り、コーヒーをいれてくれる。

十津川は、亀井と二人で、これからの犯人の出方について、考えた。

「小野父娘を、殺していないとすると、連中は、やはり、海外に逃亡しますね」

と、亀井が、いった。

「それも、ちゃんと、彼等の計画に入っているんだと思うね。だからこそ、また、女子大生を、誘拐したんだ。身代金を手に入れ、人質を殺さずに、海外へ逃亡できると、考えているんだろう」

と、十津川も、いった。

「どうやって、海外へ逃げるつもりでしょう?」

「わからないが、今は、日本に、不法滞在の外国人が何万もいる時代なんだ。密入国も、あとを絶たない。偽造パスポートだって、手に入るんじゃないかね」

「四人は、もう、偽造パスポートを手に入れていると、思われますか?」

と、亀井が、きく。

「多分、入手して、脱出計画まで、出来ているのではないかと、思っている。今回の誘拐で、更に、二億円を、手に入れてね」

十津川は、断定するように、いった。

四人の団結は固いと、十津川は、思っている。それに、頭も切れる。

(どんな計画を立てているのだろうか?)

勝手に、推理するのは、危険だった。もし、違っていた時、応手を誤ってしまうからである。

翌日、昼前に遠藤祐一郎は、取引銀行に電話し、二億円の札束を、邸まで、運んで貰った。

両親は、十津川に、向って、

「何としてでも、娘を、助けて欲しい。金は、犯人にやって下さって、結構です」

と、いった。

「大丈夫です。娘さんは、助けます。犯人も、殺す気はないと、思っています」

と、十津川は、いった。父親は、変な顔をして、

「でも、小野ミユキさんは、殺されてしまったんでしょう？」

「われわれも、そう考えていましたが、今は、死んでいないと、思っています」

「本当ですか？」

「本当です。ですから、亜美さんも、犯人は、殺さないと、思っています」

と、十津川は、いった。

午後二時に、犯人から、電話が、かかった。

「遠藤です」

と、父親が、電話口で、いうと、相手は、

「警察に、代ってくれ」

と、いった。

遠藤は、送話口を手でおさえて、助けを求めるように、十津川を、見た。

「代りましょう」

と、いって、十津川は、受話器を、受け取った。

「警視庁捜査一課の十津川だ」

と、電話口に向って、いった。

「十津川さんか」

男の声が、いった。もう変声器を、使っていなかった。

十津川たちが、四人のことを調べたことを、知ったからかも知れない。

「二億円は、用意した。人質の遠藤亜美さんは、無事なんだろうね?」

「無事だ。われわれは、人を殺すのは嫌いだ」

と、男は、いった。

「それを聞いて、安心したよ」

と、十津川は、いった。

「二億円を大人しく渡してくれれば、人質は、殺さない」

「それは、出来ないな」

と、十津川は、いった。

「われわれを、どうする気だ？」

「私にいえるのは、直ちに、自首しなさいということだけだよ」

十津川が、いうと、電話の向うで、男は、笑い声を立てた。

「二億円を、二つのルイ・ヴィトンのボストンバッグに入れておけ。午後五時になったら、電話する。それまでに、入れておくんだ」

犯人は、そういって、電話を切った。

十津川は、すぐ、二つのヴィトンのボストンバッグを買ってくるように、西本たちに、命じた。

「同じですね」

と、亀井が、いった。

「ルイ・ヴィトンのボストンバッグだろう。だが、時間が、違っているよ。前の時は、父親に、二億円入りのヴィトンのバッグを持たせて、上野駅から、カシオペアに乗せたんだ」

「そうです」

「今回は、五時に電話してくると、いっている。五時では、間に合わない。カシオペアの上野発は、一六時二〇分（四時二十分）だよ」

と、十津川は、いった。

「今度は、犯人は、カシオペアを、使わないつもりですかね？」

「かも知れないな。とにかく、上野から、乗せることは、出来ないんだ」

と、十津川は、いった。

西本たちが、ヴィトンのボストンバッグを、二つ買って来た。

それに、二億円の札束を、詰め直す。

午後五時に、再び、電話が、かかった。

「二億円を、ヴィトンのバッグ二つに、詰めたか？」

と、男の声が、きく。

「ああ、詰め直した」

と、十津川が、答えた。

「カシオペアを知っているな？」

「知っている。上野発、札幌行の寝台特急だろう。一六時二〇分に、上野を出ている」

「出発しているから、いいんだよ」

と、犯人は、いった。

「それで、どうしたらいい？　もう、カシオペアには、二億円は、積めないぞ」

「別のものを、もう積んである」

「何をだ？」

「爆弾だよ」

「爆弾？」

思わず、十津川の声が、大きくなった。

「1号車から、12号車までの、どの車両かに、爆弾を、仕掛けた。上野から、札幌まで、十六時間三十五分、乗客は、爆弾と一緒に、旅行するわけだよ」

「本当なのか？」

「本当だ」

「何のために、そんなことをする？」

「二億円が、欲しくてね」

「そのために、人質を、取ったんじゃないのか？」

と、十津川は、きいた。

「人質は、別に利用するつもりだ。それより、あんたは、今から、二億円を持って、その邸を出るんだ。あとは、あんたの携帯電話に、指示を与える。だから、番号を教えるんだ」

「０９０—××——」

と、十津川は、いった。

「いいかね。あんたが、われわれの指示通りに動いている限り、カシオペアは、無事に、動く。だが、何か企んだりすれば、カシオペアは、爆破され、全乗客が死ぬことになる。それだけ肝に銘じておくんだ。わかったかね？」

「わかった」

「五分後に、外へ出ろ。そのあとは、携帯で、指示を与える。尾行させたり、妙な素ぶりを見せたら、われわれは、交渉を打ち切り、カシオペアを、爆破する。それだけではない。

人質も殺す」

と、犯人は、いって、電話を切った。

「カシオペアの話は、本当でしょうか？　単なる脅しじゃありませんか？」

亀井が、険しい表情で、きく。

「わからないが、爆弾が、仕掛けられているとして、行動した方がいいだろう。もし、爆発したら、乗客が死ぬんだからね」

と、十津川は、いった。

「しかし、どうやって、爆弾を、車内に仕掛けたんですか？」

西本が、きく。

「多分、札幌から上野への上りの列車に乗っていて、その間に、車内に仕掛けたんだと思うね。十時間以上あるんだから、ゆっくり、仕掛けられた筈だ」

と、十津川は、腕時計を見ながら、いった。

たちまち、五分が、たってしまった。

「尾行しますよ」

と、亀井が、いった。十津川が、駄目だといっても、彼は、十津川を尾行するだろう。

「犯人にわからないように頼むよ。危険を感じたら、中止するんだ」

十津川は、注意しておいて、部屋を出た。

遠藤邸を出たところで、携帯が鳴った。

「タクシーを拾え」

と、犯人は、いった。

「何処へ行くんだ？」

「とにかく、乗るんだ」

犯人は、短かく、命令する。

十津川は、手をあげて、タクシーを止めて、乗り込んだ。携帯は、かけたままである。

「乗ったか？」

と、犯人が、きく。十津川は、からかい気味に、

「なんだ、監視しているんじゃないのか」

「新宿に行け」

犯人の声は、一時、怒ったようにぶっきら棒になった。

「新宿の何処だ？」

「歌舞伎町だ」

と、いう。

「歌舞伎町の入口で、とめてくれ」

十津川は、運転手に向って、いった。

タクシーを降り、十津川が、歌舞伎町の入口でとまっていると、再び、犯人の声が、聞こえた。

「新宿コマの前を通り、ESビルへ向え」

「その先は？」

「七、八分で着く筈だ。その頃、新しい指示を与える。われわれが、あんたを監視しているのを忘れるなよ。もし、刑事の尾行がついていたら、この取引きは、中止する。カシオペアは、爆破され、人質は死ぬぞ」

と、犯人は、いった。

十津川は、新宿コマの前を抜けた。その先に、犯人のいったESビルが、あった。

丁度、そのビルの入口に着いた時に、携帯に、犯人の声が入ってきた。

「ビルの地下にあるブルームーンというショットバーに行け。そこの奥のテーブルに腰を下し、テーブルの上に、二つのヴィトンのバッグを置くんだ」

「そのあとは？」

「そのまま、じっと待て」

「いつまで、何を待てばいいんだ？」

「時間は、わからない。男が来て、あんたに声をかける。地下通路は、好きかと聞く。あんたは、好きだと答える」

「それで？」

「そのあと、あんたは、二つのバッグを男に渡すんだ。それで、われわれの取引きの第一段階は、終る」

「終る？」

「成立といった方がいいかな。それで、カシオペアの乗客が、死なずにすむ」

「私が、ノーといったら、カシオペアは、爆発するのか？」

「それに、人質も死ぬんだ。それを、よく考えて行動しろ」

「約束が守られるという保証は？」

十津川は、立ち止って、きいた。

「そんなものはない。われわれを、信じるしかないんだ。カシオペアが、爆発し、人質が、殺されてもいいんなら、好きにしたらいい。二億円を守って、帰りたまえ」

「わかった。いう通りにしよう」

と、十津川は、いった。

階段をおりる。一番奥に、ブルームーンというバーがあった。

扉を開けて、中に入る。

中年の男が、カウンターの向うに一人だけいる小さな店だった。

客の姿はない。

十津川は、ビールを頼み、それを自分で持って、奥のテーブルに、腰を下した。すでに、六時を廻っている。外は、少しずつ、うす暗くなってきている。

十津川は、テーブルの上に、二つのボストンバッグをのせた。

(男が、来るといったな)

その男は、戸田克彦だろうか、それとも、島村英男だろうか。

緊張しているし、もともと、飲めない方だから、十津川は、ビールには、口をつけず、煙草に火をつけた。

内ポケットには、拳銃を、忍ばせている。が、今は、それを使用する気は、なかった。

何よりも、人命が、大事だからだ。

男は、なかなか、現われない。

（わざと、じらしているのか？）

と、思った。

三十分を過ぎたとき、一人の男が、店に入って来た。

しかし、その男は、カウンターに腰を下し、バーボンを一杯飲んだだけで、出て行ってしまった。

更に、三十分たって、また、男が一人入って来た。

今度は、まっすぐ、十津川に向って歩いてくると、テーブルに腰を下し、

「地下通路は、好きか？」

と、きいた。

戸田でも、島村でもなかった。

五十歳前後の感じで、毛糸であんだ帽子をかぶり、サングラスをかけていた。

「好きだよ」

と、十津川が、答える。

男は、立ち上り、ボストンバッグを開けて、中身を、確めてから、持ち上げた。

そのまま、男は、二つのバッグを下げて、店を出て行く。

十津川が、思わず、腰を浮かしかけた時、携帯が鳴った。

「追いかけるな」

と、犯人の声が、いった。

仕方なく、十津川は、腰をおとした。

「今、午後七時二十二分だ」

と、犯人が、いう。

「そんなことは、わかっている」

「カシオペアは、五分前に、郡山を発車している。次の福島まで、三十分は、停車しない」

「だから、何なんだ？」

「そんなに、カリカリしなさんな。あんたも、ただ、二億円を犯人に渡してしまったのでは刑事として、面目が立たないだろう。だから、一つだけ、教えてやる。カシオペアのラウンジカーのテーブルの下に、時限爆弾を仕掛けてある。爆発は、午後九時にセットしてある。二一時〇〇分だ。早く知らせて、手柄にしろ」

と、犯人は落ち着いた声で、いった。

「本当だろうな？」

「疑うのなら、勝手にしろ」

「人質は？」

「午後九時になったら、また連絡するから、あんたは帰れ」

と、犯人は、いった。

十津川は、店を飛び出した。

新宿コマの前まで行くと、

「警部！」

と、呼ばれた。亀井だった。

「歌舞伎町の入口のところで、警部を見失ってしまいました。申しわけありません」

「そんなことは、構わない。すぐ、カシオペアに連絡したいんだ」

と、十津川は、いった。

「寝台特急のカシオペアですね？」

「そうだよ。あのカシオペアだ。列車に、時限爆弾が、仕掛けられているんだ」

「すぐ、連絡しましょう」

二人は、ＪＲ新宿駅に走った。駅長に会い、十津川が、時限爆弾のことを、告げた。

駅長が、更に、ＪＲ東日本の指令センターに、連絡する。

十津川と、亀井は、駅長室で、結果を、待った。

八時十分になって、やっと、連絡が、入った。

福島駅で、刑事たちが、乗り込み、ラウンジカーのテーブルの下に、ガムテープで、貼りつけてあった時限爆弾を発見し、取り外したというものだった。

「目覚時計を使った時限装置で、間違いなく、九時にセットされていました」

と、福島県警の刑事が、電話で、いった。

「それで、その爆弾は、どうしました？」

「簡単な爆発装置なので、県警で、処理できます」

「カシオペアは？」

「五分おくれて、福島駅を発車しています」

と、相手は、いった。

4

十津川と、亀井は、遠藤邸に戻った。

「娘は、どうなりました？」

と、両親が、すがりつくように、十津川に、きく。

「午後九時に、犯人は、電話して来ます。二億円は、渡したんだから、亜美さんは、帰されると思います」

と、十津川は、いった。

彼自身にも、これからどうなるのか、わからなかった。

何か、普通の誘拐事件と違っていたからである。なぜ、犯人は、寝台特急カシオペアに、時限爆弾を仕掛けたりしたのか。それが、まず、わからないのだ。

ただ、二億円が、欲しいだけなら、遠藤亜美という人質をとっただけで、いいではないか。

第一、最初の誘拐の時、連中は、カシオペアは、受け渡しの舞台に使っただけで、時限爆弾を仕掛けたりはしていないのだ。

午後九時、きっかりに、電話が、鳴った。

十津川が、受話器を取る。

「どうやら、時限爆弾は、取り除いたようだね」

と、犯人が、いった。

「ああ。そうだ。二億円は、渡した。早く、人質を解放しなさい」

十津川は、努めて、冷静に、いった。

相手は、それには、返事をせず、

「カシオペアは、そのまま、札幌に向って、走っているようだね」

「それが、どうした？」

「福島は、少しおくれて発車したと思うが、日本の鉄道は、時間通りに動くから、札幌に着くまでにはおくれを取り戻しているだろう」

「私は、人質のことを聞いているんだ」

「札幌着は、明日の午前、八時五十五分だったな」

「それが、どうしたんだ？」

「それまで、警察は、大人しくしているんだ。われわれのことを、調べたり、妙な動きをしたら、カシオペアは、爆破する」

「まだ、爆弾が、仕掛けてあるのか？」

「警視庁の刑事さんが、あんな簡単な時限爆弾で、安心したとは、驚いたね。ラウンジカーの時限爆弾は、いわば、お年玉だよ。ホンモノは、列車の別の場所に、仕掛けてある」

「何処だ？」

「そんなことが、いえると思うのかね」

「くそ！」

と、思わず、十津川は、叫んでいた。

「あんたは、今、もう一度、ＪＲに電話して、仙台で、カシオペアの乗客を、全員おろしてしまおうと、考えているんじゃないのか？」

「――」

「どうやら、図星のようだな。だが、それは、止《や》めた方がいい。ホンモノの爆弾の方は、目覚時計を使った時限装置ではなくてね。あんたに説明してもわからないだろうが、乗客を、おろしている最中に、爆発するかも知れないんだよ。そうなると、何人、何十人の乗客が、死ぬことになる。だから、何事もなかったように、札幌まで、走らせるんだ。明日の午前八時になったら、爆弾のことを、教えてやる。そうすれば、一人の乗客も、死なずに、すむんだ」

「何が、望みなんだ？　二億円は、渡したじゃないか」

「それも、明日の午前八時に、話してやる。とにかく、何もせず、じっとしているんだ。それで、全て、無事におさまる」

犯人は、そういって、電話を切った。

逆探知は、出来なかった。わかったのは、犯人が携帯電話を使っており、移動しているということだった。

遠藤邸は、重苦しい空気に包まれていた。

「犯人は、二億円を手に入れたのに、その上、何を、欲しがっているんでしょう？」

と、西本が、きいた。

「時間だよ」

と、十津川は、いった。

「明日の午前八時まで、何もするなといった。それまでの時間が、欲しいんだ」

「しかし、夜中ですよ。夜中に、何をしようというんですかね？」

と、西本が、眉《まゆ》をひそめた。

「その間に、海外へ逃亡する気でいるんじゃありませんか？」

日下が、いった。

「飛行機で？　深夜に出発する便は、ないんじゃないか」

と、西本が、いった。

時刻表で、調べてみた。

成田で、一番おそい国際線は、二二時〇〇分発のＪＬのホノルル行で、それ以後の便はなかった。

関空は、同じく、ホノルル行の二二時三〇分のＪＬが、一番おそい。

「第一、各国際空港には、四人の顔写真を、電送してあるから、偽造パスポートを、使っても、搭乗ゲートで、引っかかる筈だよ」

と、十津川は、いった。

と、すると、この時間かせぎは、いったい、何のためだろう？

十津川は、これまでの経過を、反芻《はんすう》してみた。

女子大生の遠藤亜美が、誘拐された。その手口から、前回と同じ犯人と考えられた。

例の四人だ。

刑事たちが、話し合った結果、前回の誘拐事件で、行方がわからなくなっている小野父娘が、殺されずにいるのではないかという希望が、持てるようになった。

(もし、希望通りだとすれば、連中は、今、三人の人質を抱えていることになる)

その三人を、どうしようというのだろうか?

それに、今日の犯人の不可解な行動だ。

カシオペアに爆弾を仕掛けたのは、時間かせぎだと、十津川は、見ている。

しかし、二億円の受け渡しに、何故そんなことをするのか?

新宿歌舞伎町の地下のバーに現われた男は、戸田でも、島村でもなかった。

あの男に、なぜ、連中は、二億円を、渡せといったのだろう? しかも、劇画じみた合言葉をいわせてである。

(地下通路は、好きか——だって?)

その言葉に、何か意味があるのだろうか?

十津川は、考え続けた。

あの四人が、犯人だという確信は、変らなかった。

「向うも、われわれが、気付いたことを、知っているんだ。だから、私に対して、変声器を使わなかったんだと思うね」

と、十津川は、いった。

「つまり、連中は、一か八かの勝負に出たということですか？」

亀井が、じっと、十津川を見た。

「そうだな。そう考えるより仕方がない。だから、私は、連中が、海外へ逃亡しようとしていると、思っているんだ」

「しかし、連中の狙いが、つかめませんね。明日の午前八時まで待って、何をする気ですかね？」

亀井が、首をふる。

十津川は、何本目かの煙草に火をつける。

「私としては、とにかく、人質を無事に、取りかえしたい。カシオペアの乗客も、一人も死なせたくない。そのあとで、連中を逮捕する」

と、十津川は、いった。

「明日の朝まで、何も出来ないんですか？」

三田村刑事が、腹立たしげに、十津川に、きく。

「犯人は、少しでもわれわれが動けば、カシオペアを、爆破すると、いっている」

「単なる脅しじゃありませんか？」

「かも知れないが、本当だったら、それこそ、何十人もの乗客が死ぬぞ」

と、十津川は、いった。

事は、人命にかかわることなのだ。それも、一人や二人ではない。カシオペアの全乗客、それにプラス、乗務員の命がかかっているのだ。

大丈夫だろうで、動くことは、出来なかった。

「とにかく、明朝八時まで、待ってみよう」

と、十津川は、部下たちに、いった。

5

翌日、午前八時。

電話が鳴った。

(変に几帳面な連中だな)

と、思いながら、十津川は、受話器を取った。

「お早よう」

と、犯人が、いう。

「約束は、守りたまえ」

十津川は、抑えた声で、いった。

「ああ、カシオペアのことだね」

「人質のこともある」

「カシオペアの2号車の3号室だ。その部屋のベッドの下に、爆弾を仕掛けておいた。こちらは、スイッチを押さないから、安心して、取り外したまえ」

「2号車の3号室だな?」

「そうだ」

「人質は?」

「そうせっかちになりなさんな。まず、カシオペアの爆弾を片付けた方がいいんじゃないか。今度は、十時に電話する。人質のことは、その時だ」

犯人は、それだけいって、電話を切った。

亀井が、すぐ、JR北海道本社に、電話をした。

あとは、北海道警察が、処理するだろう。

十津川は、時計に眼をやった。

午前八時二十分。

カシオペアは、南千歳を出ている筈だ。終点の札幌まで、もう、停車する駅はない。

道警本部は、大さわぎで、刑事たちと、爆発物処理班を、札幌駅に、急行させるだろう。

八時五十五分。

カシオペアは、五分のおくれを取り戻していれば、今、札幌駅に着いた筈だった。

ホームでは、刑事や、駅員たちが、必死になって、乗客と、乗務員を、ホームにおろし、避難させるだろう。

その光景が、十津川には、手に取るように、想像される。

そのあと、爆発物処理班が、2号車に、突入するのだ。

九時二十分。道警の片桐《かたぎり》という警部が、電話してきた。

「無事、爆発物は、処理し終りました。ありがとうございました」

と、片桐は、いった。

「列車が、吹き飛ぶような強力なものでしたか？」

と、十津川は、きいた。

「プラスチック爆弾で、爆発すれば、間違いなく、2号車と、その前後の車両は、破壊されたと思います。電波で、爆発するようになっていました」

「つまり、犯人が、発信する電波で、爆発するというわけですか？」

「そうです」

「どの位の距離から、発信して、爆発させられるものですか？」

「専門家は、二百メートル以内だろうと、いっています」

と、片桐は、いう。

「二百メートル以内？」
それでは、犯人は、カシオペアに、乗っていたのか？
十津川は、唇を噛《か》んだ。
犯人の一人は、カシオペアが、札幌に着くと同時に、列車をおりて、姿を消したのだ。
その時、犯人からの電話が入った。
十時になっていた。

第六章　終局への始まり

1

「カシオペアの爆弾は、取り除いたか？」

と、犯人が、きいた。

「ああ。取り除いたよ」

「それは、良かった」

犯人が、バカにしているのか、本気で、ほっとしているのか、わからなかった。

「約束だ。人質を返して貰《もら》おうか」

十津川が、いった。

犯人は、その質問には直接答えず、

「これからは、正直に話し合いたい」

「私の方は、ずっと、正直に応対しているつもりだ」

と、十津川は、いった。

「それなら、このあと、一層、正直になって貰いたいね。われわれには、人質がある」

「そんなことは、わかっているよ」

「われわれが、切り札として持っている人質は、三人だよ」

「三人ね」

「そうか。やっぱり、気付いていたんだな」

「想像はしていた。小野父娘の死体は、出て来ないし、今回の遠藤亜美が、君たちの車に、大人しく乗ったのは、その車に、親友の小野ミユキが乗っていたからだろうと、思っていたからね」

「さすがに、よく見ている。君たちは、三人の人質を殺したくはないだろう？」

「もちろんだ」

「正直にいうと、二回の誘拐で手に入れた四億円の身代金は、すでに、海外へ移してしまっている」

と、犯人は、いった。

「移した？　どうやって？」

と、十津川は、きいてから、

（ああ）

と、思った。

「地下銀行を、利用したのか？　そうなんだな？」

「気がついたか？」

「君が、地下通路は好きかと、私に聞いたときに、気付くべきだったんだ。一般の都市銀行には、われわれが、手を廻しているから、そこから、海外に、送金は出来ない。それで、君たちは、地下銀行を、使う気になったんだな」

「中国人が、使う地下銀行を、利用させて貰ったんだ。中国から、日本に出稼ぎに来ている中国人たちは、地下銀行で、送金している。違法なんだが、半ば、公然とやられている手段だよ。われわれも、それを、利用させて貰うことにしたんだ」

「歌舞伎町の地下のバーで、会った男は、地下銀行の人間だったんだな」

と、十津川は、いった。

それで、辻褄《つじつま》が合ってきたと思った。あの時、犯人は、地下銀行と、話し合っていたのだろう。両者が、どんな関係なのか、十津川には、わからないが、利害が一致したのか。

「そうだよ。気付くのが、少し遅いね」

と、犯人は、電話の向うで、小さく笑ってから、

「海外に、無事に送金しおえたかどうか、確認するのに、時間が、かかってね」

「それが、カシオペアの時間か」

十津川は、唇を嚙《か》んだ。

カシオペアは、十六時間半かかって、札幌に着く。日が変って、翌朝に、着くのだ。それまで、地下銀行の送金の確認に、時間が、必要だったのだろう。

その間、警察が動くのを牽制《けんせい》するために、カシオペアに、爆弾を仕掛けて、注意を、そちらへ向けさせたに違いない。

(いいように、翻弄《ほんろう》された)

と、十津川は、歯がみをした。

「問題は、これからなんだよ」

　犯人が、いう。

「それは、こっちのいいたいことだ。まず、人質を解放したまえ」

　と、十津川は、いった。

「三人は、解放する。ただ、問題がある」

「身代金は、払った筈《はず》だ」

「貰ったよ」

「しかも、地下銀行を、使って、海外に送金したんだろう？　他に、何を望むんだ？」

「われわれが、まだ、海外に脱出していない」

　と、犯人は、いう。

「いっておくが、君たちの名前は、全部、わかっているんだ。顔写真も、手に入っている。戸田克彦、島村英男、小坂井香織、畠中由利。これが、君たちの名前だ。逃げられやしないんだから、すぐ、自首したまえ」

　十津川は、決めつけるように、いった。

　一瞬、犯人の声が消えた。電話を切ったのかと思ったが、数秒して、彼の声が、戻ってきた。

「なるほどね。ちゃんと、調べていたんだ」

「警察を甘く見るんじゃない」

「別に、甘く見ているわけじゃない。いつか、われわれの正体は、ばれると思ったよ。だから、その時のために、小野父娘も、生かしておいたんだ。保険だよ。それに、パスポートだ」

「まだ、犯罪を、重ねるつもりなのか？」

「そんな気はないよ。ただ、われわれは無事に海外へ出たいだけだ。つくづく、日本という国に、愛想がつきたんでね」

「君たちが、どんな目にあったかは、よく知っているよ」

「ありがたいが、刑事に同情されるようになったら、おしまいでね。取引きをしたい」

と、犯人は、いった。

「何の取引きだ？」

「三人の命を賭けた取引きだよ」

「それで、取引きの内容は？」

「われわれ四人は、これから、海外へ出発する。無事、海外へ脱出できたら、三人の人質は、無事に、解放されるが、警察が、われわれの海外脱出の邪魔をすれば、三人は死ぬ。そんな取引きだよ」

犯人の声は、さすがに、緊張していた。

「ばくぜんとした話だな」

と、十津川は、いった。

「具体的な話だよ。まず、島村と、由利の二人が、脱出する。二人が、無事、海外に出られたと確認されたら、まず、小野ミユキを解放する。次は、小坂井香織だ。同じように、彼女が、海外へ脱出したと確認されたら、小野敬介を、解放する。最後は、戸田克彦だ。おれが、海外へ脱出したら、最後の遠藤亜美を、解放する。それで取引きは、終了だ」

「やっぱり、君が、四人のリーダーの戸田か」

「そんなことは、どうでもいい。われわれとしては、この取引きに、自分たちの未来を賭けているんだ。それに、三人の人質の命が賭けられていることも忘れるなよ。これは、単なる脅しじゃないんだ」

「それは、わかっている」

と、十津川は、いった。

2

「自首する気はないのか？」

十津川は、さとすように、いった。

が、犯人の電話の声の調子は、全く、変らなかった。

「まず、第一段階の話をする。間違いないように、確認しておいてくれ」

「わかった。話したまえ」

「島村と由利の二人が、一六時一五分成田発のキャセイ航空の451便で、香港へ出発する予定だ」

「午後四時十五分だな」

「もし、空港で、二人が、逮捕されたら、この取引きは中止だ。三人の人質は、死ぬ」

犯人は、あくまでも冷静に、いう。

「いつ、人質は、解放して貰えるんだ？」

と、十津川は、きいた。

「このキャセイ航空は、予定では、二一時四五分（日本時間午後十時四十五分）に、香港に着く。着いたら、連絡してくることになっている。二人が、その後、尾行もされず、姿を消すことが出来たとわかれば、一人目の小野ミユキを、解放する」

「時間が、かかるな」

「人命を賭けた取引きだからな」

と、犯人は、いう。

「そのあとは？」

「二人の安全が、確認されたら、翌日、同じ成田から、午前十時発の日本航空731便で、小坂井香織が、香港へ向う。彼女の香港着は、午後一時三十分だ。前の二人と同じように、向うで、彼女の、自由が、確認されたら、小野の父親を解放する」

犯人は、しっかりした口調で、丁寧にいう。プリントされたスケジュール表を、読んでいる感じだった。

「最後は、君か？」

と、十津川は、きいた。

「同日の午後六時半、一八時三〇分成田発のキャセイ航空505便に、おれは乗る。この便の香港着は、十時十五分、二二時一五分だ。その他は、前の二便と同じで、おれの安全が、確認され次第、最後の人質、遠藤亜美を解放する」

「どうやってだ？　君たちは、全員、香港へ逃げてしまっているんだろうが」

十津川は、咎《とが》める感じで、きいた。

「電話で、人質が、監禁されている場所を教える。それまでには、死なないようになっているよ」

「都内に、監禁されているのか？　そうなんだな？」

十津川は、相手の反応を試すように、きいてみた。

「それはどうかな」

と、犯人は、はぐらかすように、

「われわれが、教えた時の楽しみにしていたらいい」

「君は、札幌にいるとばかり思っていたんだが、東京にいるのか」

と、十津川は、いった。

「どうして、札幌にいると思ったんだ？」

「君たちの誰かが、カシオペアに乗って、札幌まで行ったと思っていたからだ」

「どうして？」

「君は、いつでも、カシオペアに仕掛けた爆弾を爆発させると、いった。われわれが、調べたところ、電波によって、爆発させるもので、その電波は、二百メートル以内の距離で、作動させるものだということだった。そう考えると、発信装置を持った犯人が、カシオペアに乗っていると考えるより仕方がないんだよ」

と、十津川は、いった。

「なるほど。警察も、それなりに、考えているんだ。しかし、札幌から東京まで飛行機なら、一時間半で、行ってしまうんだよ」

「じゃあ、君を含めて、四人は、全員、東京にいるんだな？」

「さあ、どうかな。最初が午後四時十五分だ。忘れるなよ。刑事を空港に張り込ませるなよ。刑事がいるとわかれば、この取引きは、中止し、三人の人質は、殺す」

「殺して、どうするんだ？　そのあとは？　自分たちの盾が、無くなるんだぞ」

「警察だって、人質を、殺したくないんだろう？　人質が死ねば、われわれ犯人を逮捕できても捜査は失敗なんだろう？　せいぜい、がんばってくれ」

と、犯人は、いった。

これで、電話は切れた。

例によって、犯人は、携帯を使っているので、電話している場所の特定は、出来なかった。

そのことには、十津川は別に落胆はしなかった。

東京都内で、移動する車の中から、かけていると、わかっただけでも、収穫だと思った。

四人全員が、多分、東京都内に、いるのだろう。

「問題は、三人の人質の行方だ」

と、十津川は、刑事たちに、いった。

「当然、彼等の近くに、監禁していて、一人か二人、或いは三人で、監視しているんだと思いますが」

亀井が、いう。

「そうだな。戸田が、カシオペアに乗って、携帯で、われわれに連絡しながら、終点の札幌まで行ったことは、間違いない。その間、他の三人が、人質を、監禁し、監視していたんだと思うね」

「今は、戸田も、東京に帰って来ているわけですね」

「私は、そう思っている」

「監禁場所は、一カ所なんですかね？　それとも、三カ所に分けて、監禁しているんでしょうか？」

亀井が、きく。

「戸田は、一人ずつ、解放して行くと、いっている。一カ所に監禁しておいて、一人ずつ、解放していくのか、それとも、三カ所に分散しておいて、一人ずつ解放していくのか、どちらだろう？」

十津川は、逆に、亀井たちに、きいた。

「一カ所に監禁しておいて、一人ずつ解放すると、解放された人間が、警察に、その場所を教えてしまい、一挙に、三人全員が、解放される可能性があります。連中にとっては、それは困るわけですから、別々に監禁しているような気がします」

と、西本が、いった。

「しかし、分散して監禁するのは、大変だろう。場所も必要だし、常に、監禁だけに三人の人間が、必要になってしまうぞ」

亀井が、いった。

「一カ所に監禁しておいても、常に目隠しをするかして、場所をわからなくさせることは、出来ると、思います」

と、日下は、いった。

刑事たちの、意見は、監禁場所は、一カ所という方向に固っていった。

ただ、その場所が、何処かは、わからない。

「犯人たちの要求をどう思うかも、みんなに聞きたいんだ」

と、十津川は、亀井たちの顔を見廻した。

「自分勝手な要求だと、腹が立ちますね」

三田村が、いう。

「しかし、うまく、考えているわ。そのために、小野父娘も、殺さずに、監禁しておいたんでしょうから」

と、北条早苗が、いった。

「人命第一に考えれば、犯人の要求を呑むより仕方がないでしょう」

亀井が、いった。

「カメさんらしくない考えだな」

十津川が、苦笑した。

「しかし、四人の犯人を国外に逃がしても、三人の人質は、助けるべきだという考えが、強いと思いますね。特に、人質の家族は、そう考えるでしょうね」

「犯人四人の脱出と、身代金の四億円をやっても、三人の人質を、助けるべきだというわけだな」

「そうです」

「果して、犯人は、約束を守りますかね？」

西本が、きく。

「私は、守ると思っている」

と、十津川は、いった。

「なぜですか？」

「犯人の提案は、まず、島村と由利を逃がしてくれたら、小野ミユキを解放するという。その次は、小坂井香織で、その時は、小野ミユキの父親を、解放する。最後は、戸田と、遠藤亜美が、交換だ。犯人にしても、約束を、守らなければ、二人だけしか、国外脱出は、出来ないんだ。だから、私は、約束は、守ると、思っている」

「じゃあ、何を悩んでおられるんですか？」

と、西本が、きく。

「われわれは、刑事だよ。捜査一課の刑事だ。それが、四人の犯人には、まんまと、国外逃亡され、しかも、四億円の身代金を、まんまと、奪われてしまった。われわれは、何のために、この事件を担当したのか、意味がなくなってしまう。完全な、われわれ警察の敗北だ」

と、十津川は、いった。

「それは、我慢がなりませんね」

亀井が、きっぱりと、いった。

「しかし、犯人のいう通りに動かないと、三人の人質は、殺され、それこそ、その責任を問われます」

と、日下が、いった。

「わかっている。誘拐事件で、もっとも大事なことは、人質の安全だ」

十津川が、いう。

彼は、続けて、

「犯人の中の島村と畠中由利が、キャセイ航空で、成田を出発するのは、今日の一六時一五分、午後四時十五分だ。そして、香港着は、同日の二一時四五分、日本時間で午後十時四十五分だ」

と、いった。

刑事たちが、十津川の言葉に、耳を傾けている。

「つまり、今日の午後四時十五分までに、われわれが、三人の人質を見つけ出せれば、われわれの勝ちになるわけだよ」

「今、十二時十五分です」

と、西本が、いう。

「では、あと、四時間ある。その間に、何とか、人質を見つけて、救出してくれ」

「それでも、見つからない時は、どうします？」

亀井が、きいた。

「それでも、まだ、タイムリミットじゃない。島村と、由利の乗った飛行機が、香港に着くのは、今日の二一時四五分、日本時間の午後十時四十五分だ。この時刻までに、われわれが、人質を見つけ出していれば、中国政府というか、香港の警察に、島村と、由利を逮捕して貰うことが、可能だ」

と、十津川は、いった。

「では、合計すると、十時間三十分は、あるわけですね」

三田村が、ほっとした顔で、いった。

しかし、十津川は、ニコリともしないで、

「十時間三十分しかないと、考えた方がいい。それに、犯人たちは、われわれが、人質を捜し廻っていると知れば、取引きを中止してくるだろう。その点も、考慮して、行動して欲しいんだよ」

と、刑事たちに、いった。

刑事たちは、二人ずつ、ひそかに、外へ出て行った。

十津川と、亀井は、遠藤邸に残った。

理由は、二つあった。

ここから、刑事たちに、指示を与えるためと、犯人が、こちらの動きを調べようと、電話してきたときに、誰もいないと、警戒されてしまうからでもあった。

十津川は、本多一課長に電話をかけ、犯人との電話でのやりとりを、報告した。

「それで、まず、午後四時十五分が、ひと区切りで、それまでに、三人の人質を見つけて、助け出そうと、思っています」

「見つければ、勝ちになるか？」

「そうです。それで、刑事を動員して、人質を探したいのです」

「わかった。手のあいている刑事たちに、三人の写真を持たせて、探させよう。しかし、具体的に、何処を探せばいいんだ？」

と、本多が、きく。

「その点は、十分後に、ＦＡＸで、送ります」

と、十津川は、いった。

電話を切って、十津川は、亀井と、地図を前にして、打ち合せに入った。

「三人の人質は、ばらばらでなく、一カ所に監禁されているという点は、私も、賛成なんだ」

と、十津川は、いった。

「場所は、東京でしょうか？」

亀井が、きく。

「東京か、或いは、近郊だろう。私はね、犯人が、遠藤亜美を誘拐したとき、車を使ったと思っているんだが、その車に、彼女の親友の小野ミユキを、乗せていたとも考えている。と、いうことは、そんなに遠い場所に、監禁していたとは、思えないんだよ」

「と、すると、今も、同じ場所に監禁している可能性がありますね」

「同感だ」

「彼等の使っている車ですが、どんな車だと思いますか？」

亀井が、自問するように、いった。

「多分、RV車だと思う。普通の乗用車で、人質を、誘拐するのは、難しいからね。RV車なら、誘拐するのに、楽だ。四人が、一緒に乗り、その上、人質も、乗せることが出来る。北海道で、ペンションをやっていたときも、連中は、RV車を持っていた」

と、十津川は、いった。

「そうですね」

「それに、そのRV車は、ドアが、引き戸式になっていると、思う」

「なぜですか？」

「遠藤亜美が、誘拐された時のことを、考えてみたんだよ。あの時、彼女は道路を歩いている時、走って来た車に、さらわれたと、考えられる。もし、普通の車のように、ゆっくり走りながら、ドアを開けたとすれば、ドアは、歩道に突き出して、目立ってしまうし、下手をすると、歩いている人間を、なぎ倒してしまう。その点、引き戸式なら、その心配はないからね」

十津川は、自信を、持っていった。

「そのRV車一台でしょうか？」

「いや、四人だからね。それに、三人の人質だ。だから、RV車一台と、早く走れる乗用車を一台、使っているんじゃないかと思っている」

「四人の名前で、購入した車を、探し出しましょう」

亀井が、語気を強くして、いった。

「私も、それを考えたんだがね」

「駄目ですか？」

「連中は、頭も良く、慎重だ。自分たちの名前がでるような形で、車を手に入れたとは、思えないんだよ」

と、十津川はいった。が、すぐ、小さく、首を横に振って、

「そうか。最初は、自分たちの名前が、わかっていないと思っていた筈だから、その頃は、平気で、自分たちの名前で、車を手に入れていた筈だな」

「そうだと思います」

「多分、途中から、用心して、連中は、車を買いかえたんだ」

「まず、四人の名前で、車を調べてみましょう。RV車と、乗用車をです」

と、亀井は、いった。

目立たない車をと考えるだろうから、国産車を買っているだろう。

国産車メーカーに、協力して貰い、コンピューターで、四人の名前を、検索して貰った。

結果は、すぐ出た。

戸田克彦の名前が、N社の黒のRV車。

小坂井香織の名前で、T社の乗用車。

二つの車は、最初の誘拐事件が起きる一カ月前に、購入されていた。

乗用車の方は、二五〇馬力の高性能車で、その時から、誘拐計画を立てていたのかも知れない。

今も、この二台を使っているとは、考えにくかった。

それで、車のナンバーから、現在の所有主を、調べると、果して、所有主の名前が、変っていた。

十津川は、RV車の新しい所有主に、会いに出かけた。

亀井は、乗用車の新しい所有主に、会いに行った。

十津川が、会ったのは、世田谷区南烏山に住む、近藤真一郎というデザイナーだった。

車庫をのぞくと、問題のナンバーの黒いRV車が、置いてあった。

十津川は、ここの主人、近藤に会って、問題の車を、手に入れた事情を聞くことにした。

まだ、二十九歳の若い男だった。

「あの車を手に入れるについては、妙な話が、あるんですよ」

と、近藤は笑いながら、いった。

「最初に、中古になった自分のRV車を、売りたいという広告を出したんです。買いかえのため、安く売りたいとね」

「そのRV車は、ドアが、引き戸式じゃありませんか？」

と、十津川は、きいた。

「そうです。そうしたら、すぐ、電話がありました。車を見たいというのです。その男の人も、RV車に乗ってやって来ました。ピカピカの新車でしたよ。そして、彼は、こういうんです。ずっと、引き戸式のRV車が欲しかったので、交換して欲しいって。差額は、要らないというんです。申しわけないと思いましたが、二つ返事で、OKしましたよ。それで、あの新車が、僕のものになったんです」

「その交換を申し出たのは、戸田克彦という男じゃありませんか？」

「そうです。戸田さんです」

「この男？」

十津川は、写真を見せた。

「そうです。この人です。盗難車だったんですか？」

「いや、そんなことはありません。持っていて構いません。ところで、交換に、相手に渡したRV車ですが、ナンバーなどを、教えてくれませんか」

と、十津川は、いった。

S社のRV車で、九八年式、ドアは引き戸式で、ナンバーも、手帳に書き写した。

「手続きは、どうしました？」

と、きくと、近藤は、

「向うで、全ての手続きをして下さるというので、書類だけ渡しました」

と、いう。

それは、十月十三日である。第一の誘拐事件の起きる一週間前だった。

十津川は、念のために、東京陸運局で調べて貰ったが、案の定、このRV車は、まだ、近藤真一郎所有のままだった。

亀井から、携帯にかかった。

「妙な話です」

と、亀井は、いきなり、いう。

「小坂井香織の乗用車の今の持主ですが、買ったんじゃなくて、自分の車と、交換したんだそうです」

「やっぱり、そうか」

「RV車の方も、同じなんですか？」

「戸田は、中古のRV車と、取りかえている。相手は、大喜びだよ」

「こちらも、二年前の車と、新車と交換したので、喜んでいます」

「交換した車のことを、詳しく聞いて、帰って来てくれ」

と、十津川は、いった。

亀井と、落ち合って、その車が、K社の乗用車で、色は白、チューンアップしていて、中古だが、二百キロは、楽に出る車だと、わかった。

また、RV車と同じように、車検証などが、元の持主のままになっていることも、確認された。

すぐ、司令センターから、全てのパトカーに、指令が、発せられた。

このRV車と、乗用車を発見したら、すぐ、報告すること、停止はさせず、何処に行くかを確認せよという指令である。

もちろん、西本たちにも、二つの車のことは、知らされた。

あとは、待つより仕方がなかった。

すでに、このために、二時間が、費やされ、あと、二時間余りしかなかった。

警視庁の全パトカー、それに、西本たちの刑事が、必死になって、二台の車を、探すのだ。

簡単に見つかりそうな気もするのだが、逆に、対象の車が余りにも多く、絶望的にも、思えてくるのである。

時間がたっていくが、車を発見したという報告は、入って来ない。

「駄目ですかね」

亀井が、時間を見ながら、いった。

「いや。そうでもない」

「しかし、あと、二時間で、島村と、由利が、香港行の飛行機に乗ります」

「連中は、それまでを、一つの戦いだと思っているんだと思う。われわれが、それまでに、人質三人を見つけ出せれば、勝ちだと思っているように、犯人たちも、人質が、見つからなければ、自分たちの勝ちだと、思っている筈だ。だから、それまで、じっと、息をひそめ、車も動かしていないと、思うよ」

「だから、なかなか、二台の車が、見つからないのだと？」

「そう思っている。しかし、香港行のキャセイ航空の出発が、近づけば、いやでも、連中は動き出す。そこが、チャンスと、私は、思うんだがね」

と、十津川は、いった。

もちろん、十津川が、そう思っているだけで、期待どおりになるという保証は、どこにもなかった。

あと一時間になった。

十津川は、司令センターを通じて、新しい指示を与えた。

「そろそろ、犯人が動き出す時間だ。二台の車が、現われるかも知れないので、眼を光らせてくれ。見つけても、報告するだけで、尾行しろ。停止させるな」

と、十津川は、いった。

その直後に、犯人から、十津川に、電話が、かかった。

「これから、島村と、由利の二人が、成田空港に行き、キャセイ航空の香港行に搭乗する。繰り返すが、空港で二人を逮捕したら、取引きは、中止し、人質は殺す。いいな？」

「わかっている。二人は、どうやって、空港に行くんだ？」

十津川は、わざと、きいた。

「そんなことが、いえるか。とにかく、空港に、刑事が、一人もいなければ、人質は、死ななくてすむんだよ」

犯人は、脅かすように、いった。

「わかった。空港には、刑事は、配置しない。約束する」

と、十津川は、いった。

その代り、十津川は、二人の刑事を、乗客として、同じ、キャセイ航空451便に、乗せることにした。

この飛行機が、香港に着くまでに、人質三人を見つけ出したら、この二人に連絡して、香港で、島村と、由利を、逮捕させるためだった。

犯人が、電話を切った直後、西本から、待っていた電話が、入った。

「例のRV車を発見」

と、興奮した口調で、いう。

「場所は、何処だ？」

「成田空港の駐車場です。今、男と女が、降りて、出発ロビーに向って、歩いて行きます」

「島村と、由利の二人だ」

「どうしますか？」

「そのまま、香港行の飛行機に乗せてやれ」

と、十津川は、いった。

「残念です」

「仕方がないんだ。まだ、人質を、一人も、助けてないからな。それに、島村と、由利には、ヒモをつけてある」

「了解」

「それより、問題のRV車を、ちゃんと、見張るんだ。運転席には、誰が、乗っている?」

と、十津川が、きいた。

「一人、乗っています。野球帽をかぶっています。あれは、男じゃありませんね」

「じゃあ、小坂井香織だ」

十津川は、すぐ、他の覆面パトカーに連絡をとって、成田空港に急行するように命じた。

それだけでは、見失うかも知れないと、心配し、十津川は、ヘリコプターの出動も、要請し、RV車の色などを、説明した。

何としてでも、犯人たちが、国外に逃亡する前に、人質を助け出さなければならないからである。

亀井が、腕時計に眼をやった。

「間もなく、香港行の飛行機が、出発しますね」

「小坂井香織の運転するRV車の方は、もう、動き出している」

と、十津川は、いった。

今は、それを、西本が、尾行している。

地図の上に、点滅しているのは、西本と、日下の乗っている覆面パトカーの位置だ。

地図の上の点滅信号は、いったん消え、すぐまたついた。

別の覆面パトカーが、尾行を引きついだのだ。

その車を運転している三田村から、連絡が、入ってくる。

「今、東京都内に入りました。首都高速を、走行中です」

「了解」

「どうやら、東名高速の入口に向うようです」

と、三田村の声で、いう。

「了解した」

警視庁のヘリコプターも、現場に到着したと、知らせてきた。

「問題のRV車を、発見した。ナンバーは――」

「その車だ」

「間もなく、その車は、東名高速に入る」

「了解」

「ただ、間もなく、夕暮れだ。あまり高度があると、見失う恐れがある。と、いって、低く飛ぶと、気付かれる恐れがある」

「パトカーも、尾行しているから、あまり、接近しないでくれ」

と、十津川は、いった。

尾行に気付かれたら、人質が、殺される恐れがあった。

そのくらいなら、尾行を、失敗した方が、いい。

「今、RV車は、東名に入りました」

と、三田村が、知らせてくる。

「頭上で、ヘリの音が聞こえて、気になります。気付かれるかも知れません」

「わかった。ヘリに、注意しよう」

十津川は、ヘリを呼んだ。

「RV車に、近づき過ぎているぞ。爆音が聞こえてしまう」

「しかし、この高度でないと、はっきり、問題のRV車を確認できません」

「それなら、もう引き揚げてくれ。絶対に、気付かれては、ならないんだ」

「了解」

また、三田村から、電話連絡が、入る。

「ヘリが、消えました」

「それでいい」

「尾行を、田中と片山の車と、交代します」

「了解した」

「田中です。今、RV車は、海老名サービスエリアを通過し、西に向っています」

「向うの車に変化はないか？」

「変化はありません。気付かれていないと思います」

と、田中が、いう。

十津川は、司令センターの外に眼をやった。

窓の外が、次第に、暗くなっていく。

今、三台の覆面パトカーが、小坂井香織のRV車を追っている。

彼女の行先は、何処だろう？

「戸田克彦の所でしょう」

と、亀井が、いった。

「そこに、三人の人質が、いるかな?」

「いる筈ですよ。誰かが、人質を、見張っていなければいけないんです。四人の中、二人は、香港行の飛行機の中、三人目は、今、RV車を運転している。となれば、あとは、一人しかいません。戸田克彦です」

「小坂井香織が、人質の所へ行ってくれれば、いいんだがな」

と、十津川は、祈る気持で、いった。

今、東名高速の上を、三つの明りが、点滅している。

それが、三台のパトカーだ。

平塚、小田原を通過したが、東名高速の上だ。

八時半を過ぎて、完全に、暗くなっている。

(あと、二時間十五分か)

と、十津川は、思った。

島村と、由利の乗ったキャセイ航空の451便は、二一時四五分に、香港に着く。日本時間で十時四十五分だ。

それまでに、人質三人を助け出せたら、香港空港で、島村と、由利の二人を、逮捕することが、可能だ。

もし、それが出来なければ、島村と由利の二人だけは、逃がしてしまうことになる。

「今、熱海、箱根方面の出口で、RV車は、東名をおりました」

と、田中が、報告してきた。

3

熱海へ行く気なのか。それとも、箱根へ向うのか？

或いは、もっと、先まで、走るつもりでいるのか。

「RV車は、国道135号に入りました」

と、交代した西本のパトカーが、知らせてきた。

国道135号は、伊豆半島の東海岸沿いに走る道路である。

伊豆へ行くつもりなのだろうか？

(時間がない)

と、十津川は、思った。

もし、下田まで走るとなれば、タイムリミットの午後十時四十五分を、過ぎてしまう恐れがある。

たとえ、三人の人質を助け出せても、島村と由利の二人は、逃がしてしまうのだ。

十津川と、亀井は、伊豆半島の地図に、注目した。

赤い点滅信号は、伊東に向っている。このままで行けば、下田まで、行ってしまうのではないのか。

九時十五分。

あと、一時間三十分で、キャセイ航空451便は、香港空港に、着いてしまう。

伊東を通過。

まだ、RV車は、135号線を、下田に向って、走っている。

(いい加減に、止まってくれ)

と、十津川は、呟《つぶや》いた。

時間がないのだ。

「何処まで、行くつもりですかね？」

亀井も、いらいらして、声が、大きくなってきている。

「下田まで行かれたら、間に合わない」

と、十津川は、いった。

「そんなところに、人質三人を、監禁しているんでしょうか？」

「わからないな。私は、てっきり、都内だと思っていたんだが」

「わざと、小坂井香織は、われわれを、引っ張っているんじゃありませんか？」

と、亀井が、きいた。

「わざと？」

十津川の表情が、険しくなった。

「そうです。われわれも、キャセイ航空451便が、香港に到着する時刻を、気にしている。連中にしたら、なおさらでしょう。だから、午後十時四十五分まで、われわれを、引きずり廻しているんじゃありませんかね？」

と、亀井は、いう。

「かも知れないな。そうだとしたら、この尾行は、何にもならないことになる。いたずらに、時間を、潰しているだけだ」

「どうします？」

亀井が、きいたとき、

「ＲＶ車が、止まりました！」

と、西本が、知らせてきた。

「信号で、止まったんじゃないのか？」

「違います。まだ、止まっています。いや、動き出しました。畜生！」

西本が、叫ぶ。

「どうしたんだ？」

「Ｕターンです」

「Ｕターン？」

「Ｕターンして、今度は、１３５号線を、伊東方面に向っているんです」

「尾行に、気付かれたのかな？」

「気付かれていないとばかり、思っていたんですが。元来た方向に走っています。このまま、尾行を続けますか？」

と、西本が、きく。

「ちょっと、待て！」

と、十津川は、いった。

「尾行に気付かれたんですよ」

と、亀井が、いう。

「西本刑事は、気付かれているとは、思わないと、いっている」

「しかし、気付かれたんですよ。そうじゃなければ、敵が、突然、Ｕターンして、戻る筈がないじゃありませんか」

亀井は、腹立たしげに、いった。

十津川は、西本を呼び出した。

「今、三台で、尾行してるんだな？」

「そうです。現在、田中のパトカーが、先頭に出ています」

「一台だけ、ＲＶ車を追え。あと二台は、現在位置で、止まれ」

と、十津川は、いった。

「私たちの車と、三田村の車が、止まりました」

「今、何処だ？」

「伊豆高原と、伊東の中間地点の筈です」

「カメさんは、君たちが、尾行に失敗したんだといっている。尾行に、気付かれたんだとね」

と、十津川は、いった。

「そんな筈は、ありません」

「だが、小坂井香織のＲＶ車は、突然、止まってＵターンしたんだろう」

「そうです」

「それなら、やっぱり、尾行に気付かれたんだよ」

「しかし、警部。相手は、ひとりで、運転しているんです。その上、ＲＶ車ですよ。こちらは、相手のバックミラーの中に入らないように、気をつかって、尾行していたんです。絶対に、気付かれたとは、思いません」

西本は、強硬に、いう。

「ちょっと待て」

と、十津川は、いい、亀井に向って、

「西本たちは、ミスは、していないと、いっているがね」

「それなら、どうして、気付かれたんですか？」

「相手のバックミラーの中に入らないように、気をつけて、尾行したと、いってるんだ。RV車は、小坂井香織が、一人で、運転していたんだ。それが、尾行に気付いたというのは、どういうことなんだろう？」

「もう一人、乗っていたんじゃありませんか？」

「それはないよ。臨時の助っ人なんか、こんな時に、頼む筈はない」

と、十津川は、いった。

「しかし、もう一人の戸田克彦は、三人の人質を見張っているから、手は、はなせない筈ですよ」

亀井が、いう。

「ちょっと、待ってくれ」

と、十津川は、手で、亀井を制してから、西本の電話に、

「RV車が、急に止まった場所は、何処なんだ？」

と、きいた。

「確か、伊豆高原のあたりです」

「小坂井香織は、携帯電話を、持っているか？」

「わかりませんが、スピードを落としたときは、携帯をかけていたのかも知れません。多分、戸田克彦と、連絡していたんだと思います」

「それかも知れないな」

と、十津川は、いった。

「携帯ですか？」

「そうだ。戸田が、携帯で、尾行されていると、小坂井香織に知らせたんだよ。だから、彼女は、急停車し、Uターンして、引き返したんだ」

「しかし、戸田は、何処で、われわれを、見張っていたんですか？」

と、西本が、きく。

「とにかく、君たち二台は、伊豆高原へ向ってくれ。RV車が、止まった地点まで、行くんだ」

と、十津川は、指示した。

亀井が、伊豆半島の地図を、睨《にら》むように、見て、

「伊豆高原ですか？」

「あの辺りには、別荘が、沢山建っている。その一つに、三人の人質を監禁しているのかも知れない」

と、十津川は、いった。

「小坂井香織は、そこへ向おうとしていたわけですか？」

「戸田は、尾行を心配して、三人を閉じ籠《こ》めておき、自分は、１３５号線に、車で出て来て、見張っていたんだろう。そして、小坂井香織のＲＶ車が、尾行されているのに気付いて、あわてて、Ｕターンさせたんだ」

「可能性は、ありますね」

と、亀井は、いった。

西本の声が、飛び込んでくる。

「ＲＶ車の止まった場所に、到着しました」

「そこから、伊豆高原の別荘地帯へ行く横道がある筈だ」

「標識が、あります」

と、西本が、いう。

「近くに、戸田の車がいないかどうか、しっかり見てくれ。K社の乗用車で、色は、白。ナンバーは、――だ」

十津川は、ゆっくりと、いった。

「ここから見る限り、その車は、見えません」

と、西本が、いう。

「じゃあ、別荘に戻ったんだろう。君たちは、伊豆高原の別荘地帯へ行き、三人の人質が監禁されている別荘を見つけ出すんだ」

十津川は、いった。

「やってみます」

「いいか、戸田に、気付かれたら、終りだぞ」

「わかっています」

「時間もない。十時四十五分までに、見つけ出すんだ。難しいことだが、やってみてくれ」

「わかりました。もし、伊豆高原に、いなかったら、どうしますか？」

「その時は、われわれの負けだ」

と、十津川は、いった。

あとは、待つしかなかった。

十津川と、亀井は、いい合せたように、壁の時計に眼をやった。

午後九時五十八分。

あと、四十七分しかなかった。

十津川は、一度、仕事で、伊豆高原に行ったことがあった。桜並木が、きれいだったことと、別荘が、沢山あったのを覚えている。

あの時は、亀井も、一緒だった。

高原のリゾート地で、リゾートホテルも、いくつかあった。

「多分、貸別荘を、使っているんだ」

と、十津川は、声に出して、いった。

「そうでしょうね。この時期なら、いくらでも、借りられたと、思います」

亀井が、いう。

何か、声が、浮いてしまっていた。そのくせ、何か、喋《しゃべ》っていないと、落ち着けないのだ。

その間にも、容赦なく、時間は過ぎていく。

十津川は、西本たちの携帯に電話して、どうなっているか、聞きたいのを、じっと、こらえていた。

西本、日下、三田村、そして、北条早苗の四人の刑事は、今、必死になって、戸田と、三人の人質のいる別荘を、探しているからだ。

ただ、探せばいいのではなかった。相手に、気付かれぬように、慎重に、探さなければならない。そのくせ、一刻も早く、見つけ出さなければならないのだ。

相反する要求を、同時に満たさなければ、ならないのである。

十津川は、我慢しきれなくなって、司令センターの外に出て、煙草に火をつけた。

十時十二分になった。

あと、三十三分の余裕しかなかった。

(早く、見つけてくれ!)

と、頭の中で、叫んだ。

自分が、今、現場にいないことが、口惜しかった。

なぜ、亀井と二人で、RV車の追跡に、加わっていなかったのか。

煙草が、すぐ、灰になってしまう。十津川は、ヘヴィスモーカーのように、二本目の煙草をくわえて、火をつける。

窓の外に、眼をやる。

もう、完全に、夜の闇が、広がっていた。

小雨が、降ってきた。それが、不吉な前兆のように、思えて、十津川は、雨の筋を睨んだ。

第七章　終　章

1

西本たちは、車を降りた。

眼の前に、別荘が、点在している。

とにかく、静かだった。建物の多くに、明りがついていないのは、別荘を利用したい季節になっていないのと、ウィークデイのせいだろう。

今の時期でも、土、日となれば、家族を乗せた車が、東京あたりから、殺到すると思われる。

この静けさの中で、西本たちが、車で走り廻ったら、犯人に気付かれてしまう。

そこで、彼等は、自分の足で、走ることにした。いや、走るより他に手段はないのだ。

一人一人が、手分けして、走り廻り、とにかく、問題の車を見つけ出すことに、全力をあげた。

（時間がない！　急げ！）

それが、西本たちの無言の合言葉になっていた。

東京では、十津川と亀井が、時計を見つめていた。

時間は、容赦なく、過ぎていく。

午後十時四十五分で、このゲームは、終了してしまう。

キャセイ航空451便が、ひょっとして、延着してくれるという淡い希望は、持つまいと思っていた。早く、着くことだってあり得るのだ。

二人は、ひたすら、西本たちからの連絡を待った。

だが、電話が、かかって来ない。

（人質が、見つからないのだ）

午後十時五十七分。

電話が鳴った。

十津川が、電話に飛び付く。

しかし、それは、西本たちからではなかった。キャセイ航空451便に乗って、香港まで行った二人の刑事からだった。

「大野です」

と、その刑事が、いった。

「今、香港空港に到着。空港から電話しています。人質は、見つかりましたか？」

「残念ながら、まだ、見つかっていないんだ。例の二台の車も、まだ、見つかっていない」

「では、どうしますか？」

「島村と由利の二人は、どうしている？」

「連中も、今、近くで、電話をかけています」

「リーダーの戸田に、香港に着いたことを、報告しているんだろう」

と、十津川は、いった。

「どうしますか？」

「人質が、見つからない限り、どうしようもないよ」

「思い切って、島村と由利の二人を、逮捕してしまったら、どうでしょうか？　誘拐と殺人容疑者なんですから、中国の警察も、邪魔はしないと思いますが」

「駄目だ」

と、十津川は、いった。

「駄目ですか？」

「多分、島村と由利の二人は、このあと、十分か二十分ごとくらいに、戸田に、連絡するつもりだと思う。その連絡が途絶えたら、戸田は、二人が、捕まったと考えて、人質を殺すつもりだろう。危険は、冒せないよ」

「では、どうしますか？」

「二人は、これから、香港の町に、もぐり込んでいくと思う。難しいが、気づかれずに、尾行して欲しいんだ。そのくらいのことはしておかないと、犯罪者を、野放しにしてしまうことになる」

「しかし、逮捕してはいかんのでしょう？」

「そうだ」

と、十津川は、いった。

難しいのは、十津川にも、わかっていた。

何しろ、人間があふれている香港の町である。向うは、最初から、そこに逃げ込もうと考えているのである。こちらは、尾行しながら、接触してはいけないし、逮捕も許されない。助けを求める相手もいないのだ。

その難しさを、大野たちも感じたとみえて、しばらく、黙ってしまった。

「大丈夫か？」

と、十津川は、きいた。

「ちょっと、変です」

と、大野が、いう。

（何があったのか？）

と、不安になって、

「どうしたんだ？」

と、十津川は、きいた。

「二人が、出て行きません」

「出て行かないって、どういうことなんだ？」

「ロビーから、出て行かないんです」

「おかしいじゃないか。すぐにでも、香港の町に、もぐり込むと思っていたんだが、違うのか？」

「二人が、動きました。南刑事が、調べに行きました」

「外へ出るんじゃないのか？」

「違うみたいです」

そのまま、十津川は、じっと、待った。
五、六分して、大野の声が、受話器に戻って来た。
「二人は、シンガポール航空の臨時便に乗るつもりです」

「何処行だ？」

「バンコク行です」

「出発は？」

「あと一時間二十分後です」

と、大野はいう。

「島村と、由利は、急に、その臨時便に、乗る気になったのかな？」

「そうらしいです。シンガポール航空の営業カウンターへ行って、この臨時便の切符を買っていますから」

「一刻も早く、香港からも、もっと、遠くへ逃げたいのかな？」

「香港が、中国に返還されて、中国兵が、入って来ていますからね。やはり、不安なのかも知れません」

「一時間二十分後だな」

「そうです。私たちも、一応、その切符を手配しておこうと思っています」

「そうしてくれ。一時間二十分か」

十津川は、呟《つぶや》きながら、自然に、笑顔になっていくのを覚えた。

（僥倖《ぎょうこう》だな）

と、思った。

向うから、一時間二十分の余裕をくれたのだ。

タイムリミットが、それだけ、先に延びたことになる。

2

夜の伊豆高原で、西本たちは、まだ、走り廻っていた。

まだ、戸田たちも、人質も見つかっていなかった。

二台の車もである。

ただ、調べ残した別荘の数は、着実に減っていく。

西本の携帯に電話が、入る。

「十津川だ。まだ、見つからないか？」

と、十津川が、きく。

「申しわけありません。まだです。タイムリミットがきたのに、問題の車も見つかっていないんです」

西本は、腕時計を、すかすように見ていった。

「タイムリミットが、延びた」

「どういうことですか？　キャセイ航空の延着ですか？」

「違うが、とにかく、一時間二十分、タイムリミットが、延びたんだ。がんばってくれ」

と、十津川は、いった。

それで、少しは、勇気が、出て来た。

西本は、他の刑事たちにも、タイムリミットが、延びたことを、伝えた。

十五分後。

三田村刑事から、連絡が、入った。

「B1地点に集ってくれ」

と、三田村は、いう。

伊豆高原の別荘地帯を、地図の上で、細分化し、記号をつけて、捜査していたのだ。

刑事たちが、そのB1地点に、集ってきた。

「向うの別荘だ」

と、三田村は、木立ちの中の二階建の家を指さした。

「裏側に、乗用車が、とまっているんだ。手配されているのと同じ車種だ」

「だが、明りがついてないぞ」

と、日下が、いった。

「一見すると、暗い。が、電気のメーターは、回っているんだ。それも、かなり、早く回っている」

三田村は、いう。

「どういうことなんだ？」

「多分、地下室があるのよ」

と、北条早苗が、いった。

「伏せろ！」

ふいに、日下が、低い声で、叫んだ。

問題の家の二階部分に、監視カメラがあって、それがゆっくりと、動き出したのだ。

それも、人がいる証拠だった。

「二階にも、人がいるんじゃないのか？」

と、西本が、いった。

「厚いカーテンを閉めて、明りが、洩れないようにしているんだろう」

と、三田村が、いう。

「どうしたらいいの？」

早苗が、前方の家を見すえるようにして、いった。

「あの家に、人質が、監禁されているかどうかを、まず、確認することが、必要だ」

と、西本が、いった。

「あそこに、人質がいるとしても、リーダーの戸田は、用心深い男だから、うかつには、近づけないな。爆弾を仕掛けておいて、爆発させることも考えられる」

田中刑事が、いった。

「でも、島村と、由利は、もう香港に着いていて、それを、リーダーの戸田に報告している筈だから、安心しているかも知れないわ」

と、早苗は、いった。

「とにかく、確認だ」

西本は、短かく、いった。

「どうしたら、確認できる？」

日下が、きく。

「この辺《あた》りの別荘は、だいたい、地下室があるということだから、人質は、そこに監禁しているんだと、思うね」

三田村が、いった。

管理事務所へ走っていた片山刑事が、戻って来た。

「あの別荘は、今年の二月に、小坂井香織の名前で、年間契約をしたということだ」

と、片山は、みんなに報告した。

「じゃあ、間違いないな」

西本が、いった。

「防音工事をした二十畳の地下室があるともいっていた。これが、あの家の間取りだ」

片山は、管理事務所で、描いて貰《もら》ったという家の間取り図を、みんなに見せた。

地下は、二十畳の地下室と、機械設備。一階は、広いリビングルームと、温泉つきの浴場。二階が寝室、書斎など。

「人質は、間違いなく、地下に監禁されているだろう。犯人は、二階から、見張っているんじゃないか。監視カメラが、二階についているからな」

西本が、間取りを見ながらいう。

「二手に分れて、突入しよう。二階と、地下の三人ずつだ。何よりも、人質の安全を第一に考える。それを忘れずにだ」

彼の言葉は、自分にもいい聞かせる調子になっていた。

六人の刑事たちは、三人ずつに分れ、二階の監視カメラを見ながら、建物に近づいて行った。裏手に廻る。

RV車のかげで、六人は、拳銃を取り出して、故障のないことを、確認した。

人は、殺したくはない。だが、人質を守るためには、犯人を射たなければならないかも知れないのだ。

裏口のドアを、こじ開けると同時に、西本、日下、三田村の三人の刑事は、二階に向って、駈け上り、北条早苗、田中、片山の三人は、地下室への階段を駈けおりた。

西本たち三人が、二階の寝室に飛び込んだ時、黒い人影が、窓から身をひるがえすのが、見えた。

西本たちが、窓に駈け寄る。

飛びおりた人影は、立ちあがると、二階を見すえた。

門灯の明りが、その顔を映し出した。

間違いなく、戸田の顔だった。その顔に向って、西本が、

「戸田克彦だな。誘拐と殺人容疑で、逮捕する！」

と、怒鳴った。

「バカ！」

と、戸田は、怒鳴り返して、

「こんなことをすれば、人質は死ぬぞ！」

「動くな！」

と、日下が、叫び、窓から、身を躍らせた。

それより早く、戸田は、逃げ出した。

日下に続いて、三田村が、飛び降りる。

西本も、続いて、飛び降りようとして、ふいに、止《や》めてしまった。

戸田の言葉が、引っかかったのだ。

（人質が、死ぬぞ！）

と、戸田は、怒鳴った。あれは単なる脅しだったのだろうか？

戸田克彦のことは、徹底的に調べた。彼の性格も、これまでの生き方もである。

彼は、単なる脅しで、物をいう男ではなかった。

（と、すると――）

西本の顔が、青ざめる。

彼は、戸田のことを、日下と、三田村の二人に委せて、地下室へ向って、階段を駈けおりて行った。

地下の二十畳の部屋の前では、三人の刑事たちが、必死になって、重い扉を開けようとしていた。

「面倒くさい。鍵を、拳銃で、こわしてしまおう」

田中が、声を荒らげていい、銃口を、ドアの鍵の部分に向けた。

ひき金を引こうとするのを、

「止《や》めろ！」

と、西本が、大声をあげて、駈け寄ってきた。

「どうしたんだ？」

びっくりして、田中が、振り向いた。

西本は、息をはずませながら、

「中に、人質が、いるのか？」

「この地下室は、シェルターみたいになっているんだ。だから、いくら呼んでも、声の応答は、聞こえて来ない。ただ、この鋼鉄のドアを叩くと、中からも、叩く音がするんだ。だから、誰か、中にいることは、間違いないんだよ」

田中は、拳銃の台尻で、鋼鉄製のドアを、叩いて見せた。

一瞬の間を置いて、中から、ドアを叩き返す音がした。

それは、せわしく叩き返し、また、疲れたように、間延びした音になった。

「ほら。身体が弱ってるんだよ。だから、一刻も早く、このドアをこわしたいんだ」

と、田中が、いい、また、拳銃を構えた。

「止めろ！」

と、西本が、また怒鳴った。

田中も、表情を険しくして、

「なぜだ！」

と、怒鳴り返す。

「ドアに、爆薬が仕掛けてあるかも知れないんだ。爆発したら、中の人質が死ぬぞ！」

「爆薬――？」

「そうだ」

「どうして、爆薬が、仕掛けてあるとわかるんだ？」

「逃げながら、戸田が、いったんだ。嘘とは思えないんだよ」

と、西本は、いった。

「じゃあ、どうすればいいの？」

早苗が、きく。

「とにかく、爆発物処理班に来て貰おう」

「時間は？」

早苗が、きく。

「警部に、連絡する」

と、西本は、いった。

3

西本は、一階にあがり、携帯をかけた。

「今、人質が、監禁されていると思われる別荘の地下室に来ていますが、爆薬が仕掛けられている恐れがあるので、今、爆発物処理班を、呼ぶことにしています」

「爆薬が、仕掛けてあるのは、間違いないのか？」

　と、十津川が、きく。

「戸田が、逃げるとき、こんなことをしたら、人質は死ぬぞと、捨てゼリフを残しました」

「それを、信じたのか？」

「あの顔は、嘘をついているものじゃありません。本気でした」

「それで、戸田は？」

「日下と三田村の二人が、あとを追っています」

「小坂井香織は？」

「いません。乗用車は、見つかりましたが、ＲＶ車の方は、見つかっていませんから、彼女は、車に乗っているんだと思います」

　と、西本は、いった。

「とにかく、無事に、人質を助け出せ」

　十津川が、いう。

「戸田の方は、今、いいましたように、日下と三田村の二人が、追いかけていますが、小坂井香織の方は、今、何処にいるかわかりません。時間は、まだありますか?」

西本がきくと、十津川は、

「時間のことは、気にするな。人質の安全が、第一だ」

と、いった。

「本当に、時間は、気にしなくて、いいんですか?」

「いいんだ!」

十津川は、怒ったように、大声を出した。

「わかりました。人質だけは、絶対に、安全に助け出します」

と、西本は、約束した。

爆発物処理班が、到着すると、田中と、片山の二人を、西本は、戸田克彦の追跡と、小坂井香織の発見に行かせ、自分は、早苗と二人で爆発物処理班に、事情を説明した。

「中にいると思われる人質は、絶対に、傷つけずに助け出したいんです」

と、西本は、いった。

「ドアに、爆薬が、仕掛けられているというのは間違いないんですか?」

と、処理班の指揮官が、きいた。

「その恐れがあるので、うかつに、ドアは、開けられないんです」

西本は、かたい表情で、いった。

「では、ドア以外の場所に、穴をあけましょう」

と、指揮官は、いった。

七人の処理班員は、ドアから離れたコンクリートの壁に、穴をあけ始めた。

ドリルが、唸り、コンクリートの破片が、雨のように、床に落ちてくる。

案外、簡単に、壁に直径十センチの穴があくと、その穴を広げていった。

首が入る大きさになると、西本は、そこから、中をのぞき込んだ。

懐中電灯で、照らすと、その光芒《こうぼう》の中に、三つの人影が、浮び上ってきた。

二人の女性と、中年の男だった。

西本は、小野父娘と、遠藤亜美の名前を、大声で、呼んでみた。

中年の男が、のろのろと、近づいてきた。

「小野さんですね？」

と、西本は、もう一度、呼んだ。

男は、小さく、肯《うなず》いて、

「助けに来て下さったんですか？」

と、きく。

「そうです。警察です」

西本は、警察手帳をみせてから、

「ドアには、爆薬が、仕掛けられていませんか？」

「犯人は、ドアに、何かセットしていったんです。助けに来た警官が、開けたら、君たちも一緒に吹き飛ぶぞって、いっていきました」

と、小野は、いった。

「やっぱりね。ここに、出られるだけの大きな穴をあけますから、もう少し辛抱して下さい」

と、西本は、いった。

処理班が、再び、コンクリートの壁の穴を、広げていった。

ドリルが、また、唸り声をあげた。

穴が、少しずつ、大きくなっていく。早苗が、一一九番して、救急車を呼んだ。

人が、屈んで通れる大きさの穴になると、西本と、早苗の二人は、中に入り、小野父娘と、遠藤亜美を、次々に、外に担ぎ出した。

救急車二台が、到着した。

「君は、一緒に、病院へ行ってくれ」

と、西本は、早苗に、いった。

そのあとで、西本は、もう一度、十津川に、電話を入れた。

「ただ今、人質三人を、救出し、北条刑事が、付き添って、救急車で、病院へ運びました。生命《いのち》に別条はありません。救出がおくれて申しわけありませんでした」

「時間は、大丈夫だ」

十津川は、意外なことを、いった。

「しかし、タイムリミットを大幅に越えていますが」

と、西本は、いった。

「相手が、ミスしたんだよ。島村と、由利の二人は、香港の町に、もぐり込む代りに、一刻も早くバンコクへ逃げようとして、シンガポール航空の臨時便に乗った。中国領になった香港に、不安を持っていたんだろう。その便には、大野刑事たち二人が、乗っているから、バンコクの空港に着くと同時に、逮捕する筈だ。タイ警察も協力してくれると、思っている」

「あと、何時間で、バンコク到着ですか？」

「予定では、あと二時間四十分だ」

「それまでに、戸田克彦と、小坂井香織を、逮捕できれば、いいんですが」

と、西本は、いった。

「どうなんだ？　見通しは」

十津川が、きいた。

「わかりません。小坂井香織の行方は、不明ですし、戸田は、日下と、三田村の二人が、追いかけましたが、見失ってしまいました」

「戸田は、まだ、伊豆高原の周辺にいるんだろう？」

「と、思いますが」

「三人の人質は、救出されたんだから、もう、公開捜査に踏み切っても構わないだろう。静岡県警には、こちらから、要請して、捜査に協力して貰う」

と、十津川は、いった。

4

静岡県警から、三十人の刑事が、動員された。

向うの責任者は、武田《たけだ》という警部である。県警には、戸田克彦と小坂井香織の写真と、身長、体重などが、パソコンで、送られた。

「三十名の刑事は、すでに伊豆高原周辺に展開しています。夜明けまでには、二人を見つけ出して、逮捕しますよ」

武田は、楽観的に、いった。

三十名の県警の刑事に、西本たちが、プラスされているのだ。楽観してもいいのかも知れないが、十津川は、なぜか、不安だった。

すでに、三名の人質は、解放されている。

あとは、戸田と、小坂井香織の二人を逮捕するだけである。

島村と、由利の二人も、自らのミスで、バンコクに着き次第、逮捕される。あとは、タイ警察との折衝が、残っているだけである。

十津川が、人質が、無事救出されたことを告げると、三上刑事部長も、本多一課長も、いずれも、ほっとした表情になって、

「これで、一安心だな。アングラマネーも、バンコクで、島村と由利が、逮捕されれば、四億円分は、戻ってくるんじゃないのかね。地下銀行の人間が、手数料を引いたとしても、四億円近くは、回収できるんじゃないのか」

と、三上は、先廻りして、そんなことも、いった。

十津川は、慎重に、

「戸田と、小坂井香織の二人は、まだ、捕まっていません」

と、いった。

「しかし、もう、連中には、人質という切札は、無いんだ。捕まるのも、時間の問題だろう」

「そうならば、いいんですが――」

「君は、少しばかり、悲観的に、考え過ぎているんじゃないのかね。連中は、戦う牙を失ったんだ。あとは、ただ、追いつめて、逮捕すればいいだけだ」

と、三上は、いった。

十津川は、亀井の所に戻ると、不安の残る表情で、

「三上部長も、本多一課長も、事件は、もう解決したみたいに思っている。困ったよ」

「しかし、三人の人質は、救出されましたし、島村と由利の二人は、今、ジェット機の機内で、逃げられません。バンコクへ着けば、大野刑事たちが、逮捕します。戸田と、小坂井香織の二人も、間もなく、逮捕されると、思いますよ。私も、そんなに、心配することはないと思いますが」

と、亀井は、いった。

だが、十津川は、まだ、楽観することは、出来なかった。

人質の三人は、解放された。

だが、四人の犯人は、実質的には、まだ、一人も、逮捕されていなかったからである。

それに、島村と、由利の二人は、まだ、自分たちが、追い詰められているとは、思っていないだろうが、戸田と、香織は、追いつめられたことを知っている。少くとも、戸田はである。

戸田は、四人の中ではリーダー格で、十津川としては、もっとも、注意すべき相手だと思っている。

その男が、追い詰められたら、どんな行動に出てくるのか、予測がつかない。

西本から、小坂井香織の乗った車を発見し、追跡中だという連絡が入った。

場所は、下田近くの国道135号線上だという。

「問題の車は、135号線を、熱海方面に向って、疾走中です」

「それに、小坂井香織が乗っているのは、間違いないのか？」

「まず、間違いないと思います。河津町あたりで、逮捕できると思っています」

と、西本は、いった。

十二分後に、西本から、再び、電話が入った。

「ただ今、小坂井香織を逮捕しましたが、彼女は、警部に、話があると、いっています」

「何の話だ？」

「わかりません。とにかく、聞いてみて下さい」

と、西本がいい、女の声に、代った。

「十津川警部さんですね？」

「そうだが――」

「取引きをしたいと思います」

「取引き？　そちらには、もう、何も取引き材料がないんじゃないのかね？」

　と、十津川は、いった。

「今、島村英男と、畠中由利の二人は、バンコク行の飛行機に乗っています」

「知っている」

「あと、三十分で、バンコクに着きます。着いたら、黙って、二人を見逃がしてやって下さい」

　と、香織は、いう。

「それは、出来ない。バンコクに着き次第、二人を逮捕する。タイの警察にも、協力要請はするつもりだ」

　十津川は、突き放すように、いった。

「もし、見逃がしてくれたら、戸田も、逃げ廻るのをやめて、自首します」

「戸田に、連絡が取れるということかね？」

「ええ。実は、彼にいわれて、わざと捕まるように、車を走らせていたんです」

　と、香織は、いう。

「つまり、自分たちが捕まってもいいから、島村と、由利の二人は、逃がしたいというわけか？」

「そうです」

「なぜ？」

「私たちの勝手だと考えて下さい。どうなんですか？　約束してくれますか？」

「もし、私が、嘘の約束をしたら、どうするのかね？」

「あなたは、そんなことは、しないと思っていますわ」

「いやに買いかぶられたものだな」

十津川は、思わず、受話器を持ったまま、苦笑した。

「別に、買いかぶってなんかいません。もし、あなたが、嘘をついて、私と戸田を欺したら、公判の席で警察が、取引きを申し出た上、私たちを卑劣に欺したと、発表しますわ」

と、香織は、いう。

「取引きの材料に、何があるのかね？」

「人質です」

「人質って、三人の人質は、もう、君たちのところにはいないんだぞ」

と、十津川は、いった。

「でも、人質は、何処《どこ》にだって、いますわ。それに、数時間だけ、時間稼ぎが出来ればいい、そのための人質なんです」

「戸田が、また、誰かを、誘拐するというのか？」

「今度は、身代金を取る必要はないから、誘拐も楽だと思いますわ」

「――」

十津川は、言葉を失った。彼が、何となく、不安に感じていたことが、形となって、迫ってきたのである。

「警部さん。取引きに応じて下さいますか？　私が、連絡しないと、戸田は、間もなく新しい誘拐をやる筈《はず》です。島村と由利のバンコクに着く時刻に合せてですわ」

と、香織は、いった。十津川は、考えてから、

「戸田に、連絡を取れるといったね？」

「ええ」

「私は、彼と、話をしたい。連絡方法を教えてくれないか？」

と、十津川は、いった。

「彼を、罠《わな》にかける気なら、無駄なことです」

「そんなことはしない。それは、約束する」

「彼の携帯の番号を教えます。それで、連絡して下さい」

と、香織はいい、番号を教えた。

十津川は、そのナンバーに、電話してみた。

何回か、呼び出したあと、男の声が出た。

「誰だ？」

「捜査一課の十津川だ。小坂井香織に、聞いて、この番号にかけた」

と、十津川は、いった。

「じゃあ、彼女から、取引きの話は、聞いたんだな？」

と、戸田は、いう。

「君は、また、罪もない人間を、誘拐するつもりなのか？　自分たちの欲望のために」

「残念だが、もう、誘拐した」

戸田は、あっさり、いった。

「本当か？」

「本当だ。あと二十分で、島村と、由利の二人が、バンコクに着く。だから、子供を誘拐した。何処の誰だかは知らない」

「その子供を、電話に出して見ろ」

と、十津川は、いった。

ふいに、子供の声になった。

「カワハラ、ダイスケ、七歳です」

と、いう。

すぐ、戸田の声に戻って、

「おれは、この子に、何の恨みもないが、島村と、由利を助けるためなら、殺すことも、いとわない。その覚悟はしてるんだ。だから、全て、警察の対応いかんだよ。こちらの要求を入れてくれたら、この子は、無事だ」

「自分たちの安全のために、何の関係もない七歳の子供の命を危険にさらすのか？　そんなことをして、いいと、思っているのか」

「そんなことは、どうでもいいんだ。おれの頭には、島村と、由利のことしかない。二人を何とか、無事に逃がしてやりたいんだよ」

「香港で、ヘマをやったのは、君の指示だったんだな。その責任を感じて、何とか、二人を逃がしたいんだろう？　違うのか？」

「おれと、小坂井香織の二人を逮捕すれば、それで、十分だろう？」

「駄目だ。全員の逮捕と、身代金の回収が、必要なんだ。それで、事件の解決といえるんだよ」

十津川は、負けずに、いい返した。

「欲張りは、身の破滅につながるぞ」

「われわれは、取引きはしないんだ」

と、十津川は、いった。

「じゃあ、七歳の子が、死ぬことになる」

「君には、殺せない」

「そう思っていればいい。バンコクで、島村と、由利が君たちに逮捕されたとわかったら、この子は、殺す。そして、その責任は、君たち警察にある。とにかく、あと二十分の間に、全てが、決るんだ」

それだけいって、戸田は、電話を切ってしまった。

十津川は、すぐ、この電話のやりとりを、三上刑事部長と、本多一課長に、伝えた。

二人とも、険しい表情になった。

「戸田は、行きずりの子供を誘拐して、いうことを聞かなければ、殺すといってるのか？」

「そんな無茶が許されると、思っているのか？」

まるで、十津川を非難する口調だった。

「戸田は、取引きだと、いっています」

「まさか、七歳の子供を、殺したりはしないだろう。われわれを、脅してるだけじゃないのか？」

三上が、いう。

「かも知れませんが、殺すかも知れません。戸田は、自分の弟分の島村と、彼の恋人の畠中由利を、何とかして、海外逃亡させようとして、必死です。そのために、何をするか、わかりません」

と、十津川は、いった。

「何とか、ならないのか。四人を逮捕し、身代金も回収する。それでこそ、今回の事件は、完全に、解決したことになるんだ」

「その通りです」

「犯人に脅かされることなく、完全な解決に、持っていけないのか？」

本多一課長がきいた。

「あと、十六分です」

「島村と、由利の乗った飛行機が、バンコクに着く時刻だろう？」

「そうです。もし、バンコクで逮捕したら、七歳の子供を殺すと、戸田は、いってるんです。しかし、空港で、二人を逮捕せず、タイで隠れてしまったら、そのあと、逮捕するのは、困難です。四億円という逃走資金も、持っていますから」

「逃がしたら、逮捕は難しくなるか？」

「そうです。四億円の資金を持って、東南アジアを逃げる二人を逮捕するのは、まず、無理だと思います」

「それなら、何としてでも、バンコクの空港で、逮捕するより仕方がないんじゃないか」

三上が、怒ったような口調でいう。

「その通りです。部長が、命令されれば、同じ飛行機に乗っている大野刑事たちが、空港で、二人を逮捕します」

と、十津川は、いった。

「その場合に、七歳の子供を助けられる自信が、君には、あるのかね？」

本多一課長が、きいた。

「正直にいえば、ありません」

「どうしてだ？　相手は、たった一人じゃないか？」

「七歳の子供は、身代金欲しさに誘拐したんじゃないんです。警察と取引きするための材料として、誘拐したんです。その上、戸田は、自分が逮捕されても構わないと、覚悟しています。こういう相手と戦うのは難しいです」

と、十津川は、いった。

「七歳の子供の名前も、わかっているんだろう？」

「向うが、名乗りましたから、わかっています」

「それに、伊豆で、誘拐されたことは、まず、間違いないんだろう。すぐ、助け出せ！」

「無駄です」

「何が、無駄なんだ？」

「奴の目的は、誘拐そのものじゃないんです。七歳の子を救い出しても、奴は、すぐ、別の人間を、誘拐します。もっと幼い子かも知れません。だから、今、七歳の子を助けても無駄なんですよ。戸田本人を見つけて、捕まえなければ、何にもならないんです」

「じゃあ、見つけ出せ！」

と、本多一課長は、怒鳴った。

（だが、どうやって、見つけ出すんだ？）

十津川は、携帯で、小坂井香織を、呼び出した。

「戸田に、子供を殺すなと、連絡してくれないか」

と、十津川は、いった。

「駄目です。島村と、由利の二人が、無事に、逃げ切れたら、戸田は、子供を解放するし、自首します」

「二人が、バンコクに着き次第、逮捕すると、いったら？」

「戸田は、間違いなく、子供を殺します」

「何とか、君が、説得できないのか？」

「出来ません。とにかく、二人がバンコクに着いても、逮捕しないようにして下さい。子供が助かる道は、それだけです」

と、いって、香織の方から、電話を切ってしまった。

十津川は、本多一課長に、

「バンコクに着いた二人を逃がすより、子供を助ける方法はありません」

と、いった。

「そんなことは出来ん。バンコクに着き次第、大野刑事たちに、連絡させる」

本多は、怒ったように、声を大きくした。

「七歳の子供は、殺されて、警察の責任になります」

「二人を逃がしても、警察の責任を問われるぞ」

「一つだけ、それを防ぐ方法があるかも知れません」

「どんな方法だ？」

「戸田は、恐らく、車を盗み、その車に、七歳の子を乗せて、走っているんだと思います。走らせながら、彼は、車のラジオを聞いている筈です。少しでも、外の情報が欲しいでしょうから」

「それで？」

「各ラジオ局に頼んで、香港発バンコク行のシンガポール航空の臨時便が、消息を絶ち、全員絶望というニュースを読んで貰うんです」

「そんなことをしたら、大さわぎになるぞ」

「かも知れませんが、あとで、誤報だと訂正すればいいんです」

「戸田が、問い合せたら、どうするんだ？」

「どうやって、彼が、確認できるんです？　今は、真夜中ですよ。空港はとっくに、最終便が出て、シンガポール航空のカウンターだって、もう閉っています」

「新聞社に電話をかけて、確めるかも知れないぞ」

「じゃあ、新聞社にも、頼んで下さい。問い合せがあったら、消息を絶ったと、答えるようにです」

「マスコミ全部に協力を頼むのか？」

「そうです。出来なければ、バンコクで、二人は、逃がして下さい。人命が、かかっていますから」

と、十津川は、いった。

「そのニュースを流したら、戸田は、絶望して、子供を殺してしまうんじゃないのか？」

「それは考えられません。戸田という男は、意味もなく、人は殺しません」

「しかし、君は、彼に会ってないんだろう？」

「会っていませんが、彼のことは、調べつくしました」

と、十津川は、いった。

突然、カーラジオに、臨時ニュースが、飛び込んだ。

〈今、入った情報によると、香港発バンコク行のシンガポール航空臨時便が、消息を絶ったようです〉

〈この臨時便には、一二六名の乗客と、八人の乗務員が乗っていますが、全員が、死亡したものと、見られています〉

〈一二六人の乗客の中には、一六人の日本人が乗っている模様です〉

〈今までにわかった日本人乗客のお名前を、申し上げます。タナカ・ケンジさん、トダ・ヨシキさん、ミウラ・ケイコさん、シマムラ・ヒデオさん、ハタナカ・ユリさん、マツモ

ト・イチロウさん――〉

〈バンコク行シンガポール航空臨時便は、残念ながら、絶望と、考えられるようになりました。墜落地点は――〉

ふいに、十津川の携帯が、鳴った。

十津川は、身構えて、受信した。

「おれだ」

と、いう戸田の声が、聞こえた。

十津川の頭が、素早く、回転する。

(戸田は、ニュースを確認する方法がなくて、私に電話をかけてきたに違いない)

「もういい！」

と、十津川は、わざと、突き放すように、いった。

「どうしたんだ？」

戸田が、探るように、きく。

「勝手にしろと、いってるんだ。人質を殺したければ、殺したらいい。私は、刑事部長に、呼ばれてるんだ。二人の部下を殺したということでな」

「部下を殺したって？」

「そうだ。島村と、由利の二人を、逮捕するために、飛行機に乗せた。その二人が、死んだんだよ。お前たちみたいな詰らない人間のために、優秀な刑事二人が、死んだんだよ。畜生！」

「どういうことなんだ？」

「もう切るぞ！」

「おれは、七歳の子供を――」

「だから、勝手にしろと、いってるんだ！」

十津川は、力をこめて、電話を切った。

そのあとで、十津川は、ふうッと、小さく、息を吐いた。

戸田が、十津川の芝居を、どう受け取ったかは、わからなかった。

戸田は間違いなく、航空機事故の真偽を確めたくて、十津川に電話してきたのだ。

それで、戸田は、事故を信じたろうか？

信じたら、戸田は、どうするだろうか？

（自棄《やけ》を起こして、七歳の子供を、殺すだろうか？）

それは、ないと、十津川は、信じていた。いや信じたいと思っている。

戸田克彦という男について、その全てを、調べたと思う。その結論は、必要もなく殺人は犯さない人間だということだった。

もちろん、確信が、外れることだって、あり得る。人間ほど、わからないものはないからだ。

「どうなりますかね？」

亀井が、小声で、きく。緊張で、声が、押さえられてしまっているのか。

「私は、戸田が自首してくれれば、一番いいと、思っているんだがね」

と、十津川は、いった。

五分たった。

十分が、過ぎた。

刑事たちは、まだ、戸田を捕えられない。

カーラジオは、繰り返し、臨時ニュースを流していた。

十津川の携帯が、鳴った。

「七歳の河原大介君を、保護しました！」

と、西本の声が、叫んだ。

「場所は、何処だ？」

「東名高速の海老名サービスエリアです。上りの方です。トイレ近くで、泣いているのを、保護されました」

「じゃあ、戸田は、東名高速を、東京に向って走るんだろう。途中で、ストップさせろ！」

と、十津川は、怒鳴った。

しかし、戸田の車は、警察の手で、止めることは、出来なかった。

東京に向って走行中の長距離トラックに、後方から、百五十キロを超す猛スピードで疾走してきたトヨタカリーナが、追突したのだ。

カリーナは、前方が、潰れたあと、猛烈な炎をあげて、炎上した。

道路公団の車と、消防車が現場に駈けつけたが、手のほどこしようがなかった。

西本たちのパトカーも、到着した。

火炎が、おさまってから、西本たちが、カリーナを、検証した。

黒こげになった男の死体が、車内で、見つかった。

ただ、顔だけは、きれいで、戸田克彦であることが、確認された。

西本は、携帯で、十津川に、報告した。

「戸田克彦は、死にました。目撃者によると、まるで、自殺するみたいに、彼の運転する車は、大型トラックに、追突して行ったそうです」

「戸田克彦に間違いないんだな？」

「間違いありません」

と、西本は、いった。

十津川は、すぐ、ラジオ局に連絡をとった。

ラジオは、一斉に、飛行機事故のニュースは「世紀の誤報」であることを、伝えることになった。

夜が明けると共に、少しずつ、わかってきたことがある。

シンガポール航空の臨時便で、バンコクに着いた島村と、由利の二人は、空港で、逮捕された。

戸田が運転して、大型トラックに追突した白のトヨタカリーナは、伊東近くで、盗まれた。

たものであることが、わかった。

戸田が、死亡したこと、島村と由利が、バンコクで逮捕されたことを、知らされた小坂井香織は、その瞬間は、ただ、

「そうですか――」

と、だけいったが、夜になって、留置場で、自殺を図った。

更に、一日たって、ラジオ局が、警察に協力して、嘘のニュースを流したことが、明らかになった。

この協力について、賛否両論が出て、放送局の中には、それを、討論の形にして、特別番組として、売るところもあった。

十津川も、その討論番組に、出演してくれと放送局から頼まれたが、断った。

彼も、亀井刑事も、すでに、次の殺人事件の捜査に走り廻っていたからである。

本書は2003年6月徳間文庫として刊行されたものの新装版です。
なお、本作品はフィクションであり実在の個人・団体などとは一切関係がありません。

徳間文庫

寝台《しんだい》特急《とっきゅう》カシオペアを追《お》え

〈新装版〉

2023年11月15日 初刷

著者 西《にし》村《むら》京《きょう》太《た》郎《ろう》
発行者 小宮英行
発行所 株式会社 徳間書店
東京都品川区上大崎三―一―一 〒141―8202
目黒セントラルスクエア
電話 編集〇三(五四〇三)四三四九
販売〇四九(二九三)五五二一
振替 〇〇一四〇―〇―四四三九二
印刷
製本 大日本印刷株式会社

ISBN978-4-19-894905-1 (乱丁、落丁本はお取りかえいたします)